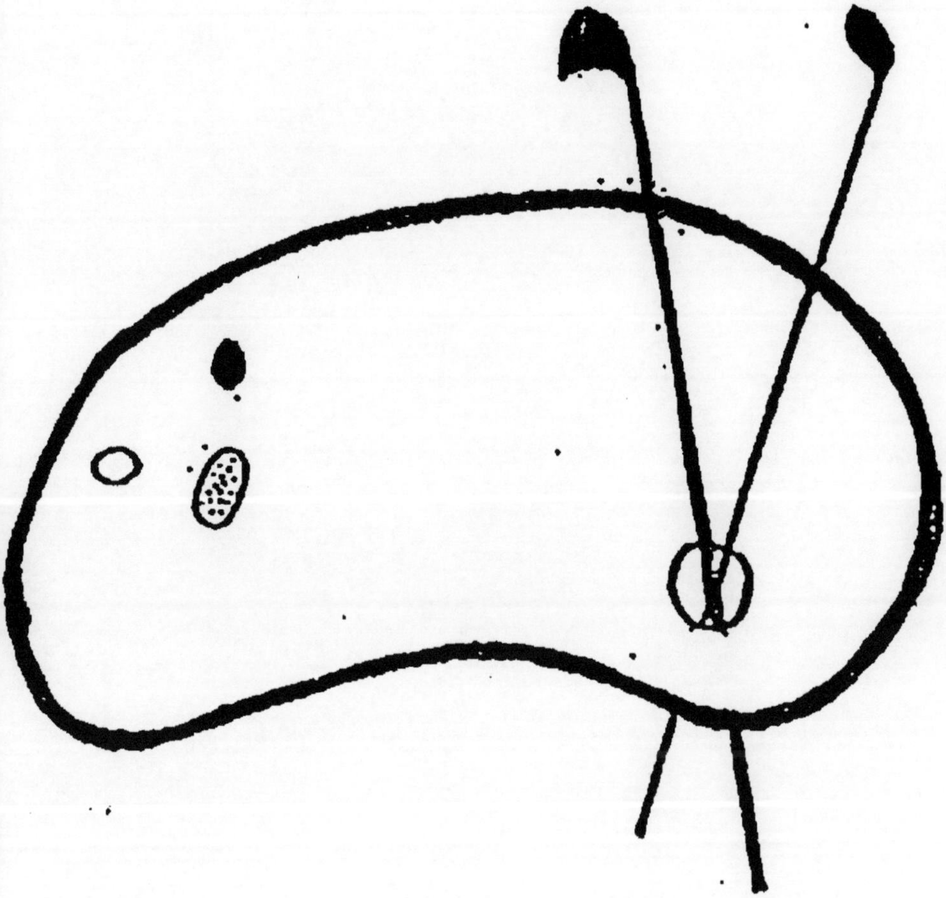

FIN D'UNE SERIE DE DOCUMENTS
EN COULEUR

LES DÉLASSEMENTS

8e SÉRIE IN-12.

LES

DÉLASSEMENTS

RÉCRÉATIONS MORALES

CONTES

A L'USAGE DE LA JEUNESSE

Par Mme GUIZOT.

LIMOGES
EUGÈNE ARDANT ET Cie, ÉDITEURS.

RÉCRÉATIONS

MORALES

LE JEUNE PRÉCEPTEUR.

On faisait les foins, et tous les jours Jules, aussitôt qu'il était levé, et dans les intervalles de ses leçons, courait à la prairie, soit avec son père ou sa mère, quelque domestique de la maison, ou Maillard, le jardinier, homme de confiance, et qui surveillait les travaux. Là, Jules regardait faucher, causait ou jouait avec les enfants amenés ou apportés par les faucheurs et faucheuses, qui arrivaient tous les jours ; l'un avec un petit garçon à cheval sur les reins, et les bras attachés à son cou ; l'autre traînant par la main une petite fille qui marchait à peine, et portant suspendu à son cou, dans une bande de toile, un enfant qui tétait encore. Quelques-uns en amenaient de plus grands, chargés de garder les plus petits, et tout cela se déposait comme en un tas, dans quelque coin, à l'ombre, où ils restaient tranquilles, pendant que leurs parents travaillaient. Jules, qui, bien qu'âgé de dix ans, avait jusque là très-peu vécu à la campagne, fut étonné de l'espèce d'apathie empreinte dans les traits de plusieurs de ces enfants, dont quelques-uns restaient longtemps assis à l'endroit où on les avait mis, sans songer à changer de place, comme s'il leur eût été égal de s'amuser ou de s'ennuyer. Quand il était au milieu d'eux, ils avaient l'air de le regarder avec curiosité, et suivaient des yeux tous ses mouvements; mais, excepté deux ou trois un peu plus grands, quand il leur parlait ils ne lui répondaient pas, et souvent ils semblaient ne le pas comprendre. Il était surtout extrêmement surpris de ne leur voir aucune des idées morales et de devoir qui lui étaient familières depuis son enfance. Un des petits s'était éloigné, tandis que le grand, chargé de le garder, s'occupait à casser et à manger une vieille noix qu'il avait trouvée sous un noyer voisin. Il marchait vers le bord de la petite rivière qui coulait le long de la prairie; elle n'était pas profonde, mais assez cependant pour qu'il fût dangereux à un enfant de trois ans de s'y laisser tomber; Jules, accoutumé au soin qu'on prenait d'en éloigner son petit frère, frémit en voyant cet enfant presque arrivé à l'endroit glissant où il lui aurait été impossible de se retenir, et d'où il serait infailliblement tombé dans l'eau. Il courut le retenir par sa robe, en lui disant :

— Est-ce qu'on ne t'a pas défendu d'aller au bord de l'eau ?

L'enfant tourna la tête, le regarda et tapa sur sa robe pour se débarrasser de la main qui le retenait, et continuer son entreprise. Alors, Jules l'ayant pris par le bras, pour le faire retourner à sa place, l'enfant se mit à crier et à se débattre, tout à fait insensible aux exhortations de Jules, qui lui parlait très-inutilement de son papa, de sa maman, et lui disait qu'un petit garçon ne doit pas aller tout seul au bord de l'eau, ni surtout faire ce qu'on lui défend. Aux cris du petit le grand accourut, et voulut le battre pour s'en être allé tout seul. Jules s'y opposa, en représentant au grand que c'était sa faute à lui, et que c'était lui qu'on devait punir ; il le menaça de dire à son papa qu'il battait son petit frère. L'autre n'en continuait pas moins à vouloir faire avancer l'enfant à force de coups de pied, qui augmentaient ses cris et sa résistance ; en sorte que Jules, également embarrassé entre l'oppresseur et l'opprimé, et presque convaincu de l'impuissance des bonnes raisons, allait peut-être abandonner la partie, quand il fut secouru par un autre petit garçon qui venait d'arriver, et paraissait ne pas appartenir à la troupe des faucheurs.

— Veux-tu bien finir? dit-il à l'aîné en le repoussant d'un coup de poing; et prenant l'autre main du petit, il aida Jules à le reconduire au milieu du groupe, où on l'assit ou plutôt où on le coucha sur l'herbe, au milieu de laquelle il se roulait, en se roidissant dans un accès de colère. Jules paraissait embarrassé des moyens de l'empêcher de retourner au ruisseau.

— N'ayez pas peur, M. Jules, dit le petit garçon, je vais l'amuser; et, en effet, s'asseyant près de lui, il parvint à le calmer par le sacrifice de quelques bouchées du morceau de pain noir qu'il tenait à la main.

— Vous savez mon nom? lui demanda Jules.

— Oh! M. Jules, répondit le petit garçon, je vous ai vu bien souvent passer dans la grande rue de Maule. C'était le nom du village près duquel étaient situés les biens de M. de Villiers. Jules voulut à son tour savoir le nom du petit garçon; il s'appelait Thibaut; il était peut-être un peu plus âgé que Jules, quoique plus petit que lui; il avait l'air plus intelligent que les autres, parlait un peu moins mal et d'un ton moins grossier. Tandis que Jules s'entretenait avec lui, un nouveau débat attira son attention. La découverte de la vieille noix avait éveillé les espérances de la plupart des enfants. Ils se mirent à chercher dans l'herbe autour du noyer. Une petite fille en trouva une ; un petit garçon voulut la lui prendre : Jules, témoin de l'injustice, réclama en faveur de la petite fille, qu'il avait vue ramasser la noix. Le petit garçon prétendit que c'était lui qui l'avait laissée tomber.

— Cela n'est pas vrai, s'écria Jules, indigné de sa mauvaise foi.

« Ça n'est pas vrai, ça n'est pas vrai ! » répétait d'un ton insolent le petit garçon sans s'inquiéter le moins du monde de l'accusation de mensonge, et se mettant en devoir de prendre la noix. Jules le repoussa, mais il revint à la charge. Jules hésitait à user de sa force contre lui ; un sentiment confus l'avertissait que le petit garçon ne lui résisterait pas comme à son égal : mais Thibaut, que la dispute avait attiré, prit le petit garçon par les épaules, et le fit tourner de l'autre côté, en lui disant : « Veux-tu bien laisser à cette petite la noix qu'elle a ramassée ? »

Tandis qu'ils se querellaient, Maillard arriva :

— M. Jules, dit-il, ne vous mêlez donc pas comme ça avec ces petits-là. Qu'est-ce que diraient votre papa et votre maman ?

— Oh ! Maillard, j'ai eu raison ; c'était pour empêcher ce vilain petit garçon de prendre à cette pauvre petite fille une noix qu'elle avait ramassée.

— Bah, bah ! laissez-les faire, monsieur Jules, ils s'arrangeront bien sans vous.

— Mais, Maillard, cela n'était pas juste.

— Ah, bah ! juste ou non, ces petits gars-là s'embarrassent bien de ça. Quelques peignées qu'ils se donnent ou bien une roulée qu'ils reçoivent des pères et mères, ça fait l'affaire, et puis c'est tout. M. Jules, voulez-vous revenir? j'ai affaire à la maison.

Jules suivit sur-le-champ Maillard. M. et madame de Villiers le laissaient aller avec les personnes en qui ils avaient confiance, à condition qu'il ne leur résisterait jamais dans les choses où elles avaient droit d'exiger sa soumission, et que Jules était bien assez grand pour reconnaître ; en sorte que ceux qui se chargeaient de lui n'avaient jamais à combattre de sa part des caprices et des volontés déraisonnables, parce que, sur certains points, il les savait chargés, tant qu'il était avec eux, de l'autorité de ses parents, et leur obéissait de même qu'à ceux-ci. Mais, tout en suivant Maillard, il réfléchissait sur son indifférence pour l'injustice que le petit garçon voulait faire à la petite fille, et trouvait qu'il avait tort. En arrivant il demanda à son père si, quand on voyait quelqu'un commettre une injustice envers un autre, ce n'était pas bien fait de l'empêcher.

— C'est un devoir, lui dit son père, un devoir

dont aucun honnête homme ne peut se dispenser, tant qu'on a les moyens de le remplir. » Alors Jules lui raconta ce qui s'était passé. « Pourquoi donc, ajouta-t-il, Maillard disait-il que cela est égal? car Maillard est un honnête homme.

— Mon fils, répondit M. de Villiers, le grand avantage des gens plus riches que Maillard, comme nous le sommes, c'est qu'ils peuvent remplir plus de devoirs, parce que, comme ils en ont beaucoup qui sont très-faciles, cela leur laisse du temps pour tous.

— Ah! oui, c'est vrai, mon père; vous n'avez pas à nous faire vivre, ma mère et nous, comme Maillard est obligé de faire vivre sa femme et ses enfants,

— C'est par cette raison que j'ai pu faire, la semaine dernière, trois voyages à la préfecture pour obtenir, après le tirage du recrutement, l'exemption d'un pauvre jeune homme vraiment trop malade pour faire le métier de soldat. Cela aurait pris trois journées à Maillard; sa famille n'aurait pas eu à manger ces trois jours-là.

— Sûrement; mais les choses qu'il peut faire tout de suite sans se déranger, pourquoi dit-il que cela est égal?

— Mon fils, les choses qu'on n'a pas le temps de faire, on n'a guère non plus le temps d'y penser. Crois-tu que le père de Maillard ait eu le temps de raisonner avec lui sur tout comme je le fais avec toi, et que Maillard ait seulement l'idée que les choses que je t'apprends puissent être bonnes à apprendre à ses enfants?

— Oh non : cependant il y en a qui leur seraient bien utiles; car si la petite fille de Maillard avait su qu'il faut obéir à ses parents comme je vous obéis, mon père, elle n'aurait pas mangé, l'automne dernier, tant de mauvais fruits qui lui ont donné la fièvre tout l'hiver.

- Aussi, mon fils, notre devoir à nous qui avons le temps de penser à ce qui est bien, est-il de l'apprendre, tant que nous pouvons, aux pauvres. Va faire ta version, ajouta M. de Villiers, voyant que l'heure était venue pour Jules de se mettre à son travail; et Jules ne se le fit pas répéter. Cependant il eut quelque peine à se mettre à l'ouvrage. Il était occupé de sa conversation avec son père, de ces enfants qu'il avait vus dans la plaine, et d'un projet qui s'était emparé de son imagination. Mais Jules savait déjà que le seul moyen de parvenir à faire quelque chose, c'est de mettre chaque chose à son temps et à sa place. Il vit que, s'il voulait penser à la fois à sa version et à son projet, il ne viendrait à bout ni de l'un ni de l'autre. Il prit donc vigoureusement son parti, et s'appliqua avec une telle ardeur qu'il en était tout rouge; mais aussi sa version fut très-vite et très-bien faite, et le reste de son ouvrage ayant suivi le même train, il lui resta, avant le dîner, une demi-heure que son père voulut bien employer à causer avec lui dans le jardin, parce qu'ils n'avaient pas le temps d'aller à la prairie. Reprenant alors la conversation où ils l'avaient laissée :

— Ces enfants des faucheurs, dit-il à son père, pendant qu'ils sont là à ne rien faire, ils auraient bien le temps qu'on leur apprît à être un peu plus raisonnables. Mais comment faire? ils ne vous écoutent pas, et moi je ne pourrais pas... on ne pourrait pas les punir, reprit Jules en rougissant un peu dans la crainte qu'on ne se moquât de son projet.

— Il est sûr, dit son père en riant, que, si c'était toi, ils pourraient battre leur précepteur.

— Oh ! ce n'est pas cela ; mais je n'ai seulement pas osé ce matin donner un coup sur la main du petit garçon pour lui faire lâcher celle de la petite fille ; et je vous assure, mon père, que ce n'est pas parce qu'il était sale et tout en guenilles, car j'aurais bien joué avec lui ; mais pour me battre avec lui, je ne l'aurais pas voulu.

— Et tu aurais eu raison. Ceux qui se trouvent dans une situation supérieure doivent éviter, autant qu'il leur est possible, d'user de leur force envers les inférieurs : car, ou l'inférieur n'osera se défendre, et c'est une infâme lâcheté que de maltraiter un homme qui ne se défend pas; ou bien il se défendra, et il en pourrait résulter un autre grand inconvénient.

— Lequel donc, mon père?

— Mon enfant, dit M. de Villiers, la supériorité des gens plus riches, c'est qu'étant ordinairement mieux élevés, comme nous le disions tantôt, ils peuvent avoir plus de bons sentiments et de connaissances avantageuses; et il est important que les pauvres respectent cette supériorité, d'abord parce que cela est juste, ensuite parce que cela leur est utile. Mais tu penses bien qu'on ne respecte plus guère celui avec qui on a fait le coup de poing.

— Oh! il est sûr que si j'avais voulu forcer à coups de baguette ces enfants à être raisonnables, les deux ou trois plus grands auraient bien pu se mettre contre moi, et après ils se seraient moqués de moi en disant : Voyez donc celui-là qui voulait nous faire des leçons!

— Supposé même, dit M. de Villiers, que tu n'eusses eu affaire qu'à un seul, et que tu te fusses trouvé le plus fort, il t'aurait peut-être respecté pour ta force, mais pas du tout pour tes bonnes qualités, ce qui est le seul respect juste et honorable.

Jules rêvait, assez embarassé, à la manière d'établir son autorité.

— Thibaut, disait-il, m'a bien aidé les deux fois à les obliger de faire ce que je voulais, mais il ne le voudra peut-être pas toujours.

— D'ailleurs, tu n'as aucun droit de les y contraindre. Tu peux bien empêcher un de ces enfants de faire du mal à un autre, mais tu n'aurais pas le droit, à moins que ses parents ne t'en eussent chargé, de le punir parce qu'il ne ferait pas ta volonté.

— Comment donc faire, mon père? s'écria Jules dans une véritable anxiété; vous ne voulez pas non plus qu'on récompense.

— Il est certain, mon fils, que je t'ai quelquefois puni, mais que je n'ai jamais voulu te récompenser : car on mérite d'être puni quand on a manqué à son devoir, mais on ne doit pas être récompensé pour l'avoir fait.

— Aussi vous savez bien, mon père, que quand mon oncle m'a donné, il y a un mois, un fusil parce que j'avais fait des progrès dans le latin, je ne voulais pas le prendre, excepté quand vous m'avez dit que ce n'était pas une récompense, mais que mon oncle, parce qu'il était content de moi, avait envie de me faire plaisir.

— Oui, mon fils, et je me félicite tous les jours de t'avoir appris à faire ton devoir sans récompense; mais j'avais d'autres moyens de me faire obéir de toi; et toi, avec ces enfants, tu n'as que celui-là. Si donc tu veux qu'ils t'obéissent pour leur avantage, tu feras bien de te servir des récompenses.

— En effet, mon père, les récompenses sont quelquefois bonnes; car quand Gervais, qui demeure dans le village ici près, a passé au milieu du feu pour sauver cette femme et son enfant, et qu'on lui a donné une récompense, vous avez trouvé que c'était bien fait, apparemment qu'il ne l'aurait pas fait une autre fois sans cela.

— Je crois que si, mon fils; car on ne fait pas ces actions-là pour être récompensé, mais c'était, comme ton fusil, une marque de satisfaction, et il est toujours honorable de recevoir une marque de satisfaction pour avoir bien fait, surtout quand on n'a pas agi dans cette vue. »

La cloche du dîner se fit entendre, Jules courut se mettre à table, comme s'il était très-pressé de manger; mais, au lieu de cela, il s'occupa tout le temps du dîner de mettre de côté ce qui pouvait se transporter. Sa provision se composa donc de deux petits pâtés, une poignée d'asperges, son dessert, qu'il demanda la permission d'emporter, et auquel il joignit un gros morceau de pain : il arrangea le tout dans un panier, et sollicita pour qu'on le conduisît à la prairie. « Sa mère lui demanda en riant s'il avait prié

» quelqu'un à dîner dans les champs. — Non, » dit M. de Villiers, ce sont des prix de bonne » conduite que Jules se prépare à distribuer. » Jules, voyant qu'il était approuvé, n'en fut que plus empressé de mettre son projet à exécution ; et ses parents eurent la bonté de le mener sur-le-champ à la prairie, où ils le laissèrent conduire à son gré ses opérations.

Jules ne pouvait arriver plus à propos ; le désordre était dans la troupe : une petite fille s'égosillait en pleurant à dire des injures à deux petits garçons qui se battaient ; un plus petit, couché à terre, les jambes en l'air, criait comme si on l'eût étranglé ; et Thibaut, très-actif au milieu de tout cela, ne paraissait pas sans intérêt dans la querelle. Aussitôt qu'il vit arriver Jules, il s'adressa à lui ; il semblait déjà qu'ils fussent d'accord sur les principes, et que Thibaut le reconnût comme juge compétent de tout bon droit. Si ses interpellations ne firent pas comprendre très-clairement à Jules le fond de la dispute, du moins, à la vue du panier de provisions, les enfants comprirent-ils aisément qu'il s'agissait de rentrer dans l'ordre pour y avoir part.

La petite fille fut la première à s'apercevoir qu'elle gagnerait plus à se taire qu'à crier, et dès qu'elle eut cessé de vouloir être en colère, il ne parut plus qu'elle y eût été. Un petit pâté, dont Thibaut avait été mis en possession, placé par lui comme échantillon entre les deux champions, détourna leurs idées vers le panier ; et le petit qui criait à terre, tout étonné de se sentir cinq à six fraises dans la bouche, se releva pour savoir d'où lui venait cette bonne fortune. Les enfants s'amassèrent autour de Jules, qui les fit asseoir en rond sur l'herbe, leur distribua une partie de ses provisions, et déclara que le reste serait pour ceux qui auraient été les plus sages jusqu'à la fin de la journée. Pendant ce temps-là, une petite fille étendait la main pour prendre quelques cerises dans le panier, que Jules avait mis derrière lui ; il s'en aperçut, la repoussa d'un coup sur les doigts, et décida qu'elle n'aurait plus rien de la journée. La petite fille se soumit à cette punition sans murmurer, mais plutôt comme à une nécessité que comme à une justice ; et deux ou trois enfants se mirent à rire de ce qu'elle avait été prise sur le fait ; cependant aucun ne paraissait choqué de son action.

— Ah ! bah ! des cerises, dit un petit garçon, on en trouve assez le long du chemin.

— Mais elles ne sont pas à vous, dit Jules indigné, et il jugea l'occasion favorable pour un petit sermon sur la propriété, qu'on n'écouta point jusqu'au moment où il déclara que quand il saurait que quelqu'un aurait pris ce qui ne lui appartenait pas, celui-là n'aurait rien de deux jours. Alors, une petite fille dénonça un petit garçon qui avait pris le bâton de son camarade, et l'avait caché sans qu'on pût découvrir où il était. Très-embarassé de savoir s'il devait blâmer ou récompenser le dénonciateur, Jules le fut encore plus de voir que ses menaces ne produisaient aucun effet sur le voleur, qui refusait absolument de rendre ce qu'il avait pris. Encore très-novice dans le commandement, et craignant surtout de voir son autorité méconnue, Jules eut recours aux promesses. Le second petit pâté fut offert pour le prix du bâton, et accepté comme on le juge bien; mais il se trouva que celui à qui l'on rapportait le bâton aimait mieux le petit pâté, et déclara que pour l'avoir il renonçait à son bâton; le premier voulut l'obliger à le recevoir, l'autre refusait obstinément. La dispute s'échauffait, et Jules, prêt à de nouveaux sacrifices pour réparer les inconvénients du premier, ne trouvait pas un équivalent qu'on voulût accepter; alors Thibaut vint à son secours, et proposa de tirer à la courte paille entre le petit pâté et le bâton. Tous deux y consentirent, et le bâton resta au voleur, qui le jeta avec dépit, disant qu'il ne s'en souciait guère. Alors l'autre, qui achevait son petit pâté, voulut s'emparer aussi du bâton; Jules l'en empêcha.

— Mais puisqu'il n'en veut pas, disait le petit

garçon ; » et les idées de justice avaient été tellement compromises dans le premier arrangement, que Jules ne savait plus comment s'y prendre pour les rétablir. En ce moment, le petit voleur en colère jeta le bâton sur un arbre, en disant :

— Personne ne l'aura !

— Si fait, moi, dit Thibaut, l'ajustant avec une pierre pour le faire tomber.

— Ce morceau de pain, s'écria Jules, à celui qui abattra le bâton.

Alors tous les grands s'y mirent. Le bâton abattu, le jeu recommença, des prix furent donnés. Il resta encore quelque chose pour les petits et ceux qui n'avaient rien gagné. On se sépara de bon accord, et Jules retourna à la maison, assez content de son après-dînée, sauf quelques scrupules sur l'arrangement du petit pâté. Il en fit part à son père, qui lui demanda :

— A quoi pensais-tu quand tu as proposé ce marché ?

— A faire rendre le bâton, dit Jules, et cela était bien juste.

— Oui ; mais était-il juste que le voleur fût récompensé pour l'avoir pris ?

— Non ; et c'est ce qui m'embarrasse.

— C'est que tu as commencé par la fin, lui dit son père ; il fallait d'abord examiner la justice de ton action, avant de t'occuper de celles des autres.

Jules commença à trouver que c'était un devoir fort difficile que celui de rendre la justice ; cependant l'essai qu'il avait fait de son autorité lui avait plu ; il repartit le lendemain de bonne heure, avec des provisions que ses parents consentirent à grossir. Il s'était aperçu que le meilleur moyen d'empêcher les gens de mal faire, c'est de les occuper à autre chose. Instruit par l'essai de la veille, Jules institua des prix pour la course, pour la lutte, donna des règles qu'il fallait suivre et auxquelles on se soumit avec assez d'intelligence. L'idée de la justice commençait à s'introduire dans la petite troupe, et le contrevenant, outre la punition, avait à essuyer l'improbation de ses camarades. Thibaut était comme l'aide-de-camp de Jules, le ministre et l'exécuteur de ses volontés ; non qu'il en sût par lui-même beaucoup plus que les autres, mais toutes les idées de Jules le trouvaient tout prêt à les comprendre. Il semblait fait pour apprendre ; car il n'imaginait rien par lui-même, il se rangeait sur-le-champ du côté de ce qui était bien. Si Jules exprimait un bon principe, Thibaut s'en faisait dans son langage une maxime qu'il imposait ensuite aux autres avec toute l'autorité de la conviction. Si Jules inventait quelque jeu utile, c'était Thibaut qui trouvait et arrangeait les moyens de le mettre à exécution. M. de Villiers, arrivant un soir, trouva que les soins de l'éducation avaient cédé au plaisir irrésistible de courir sur le foin, de s'en jeter, de s'en couvrir les uns les autres.

— Comment! dit-il à son fils, à ton âge, paresseux, t'amuser à ces inutilités quand il y a à travailler?

Jules sentit que sa dignité de précepteur ne permettait pas qu'il demeurât en faute, et rendant aussitôt la leçon qu'il venait de recevoir :

— Allons, faneurs et faneuses, dit-il aux enfants, à l'ouvrage! mais où aurons-nous des fourches?

Et Thibaut avait déjà trouvé ou coupé deux ou trois branches fourchues qui devinrent les premiers outils distribués aux premiers qui s'offrirent. La promesse des récompenses anima les autres; l'amour-propre et le désir de bien faire se mêlèrent au désir d'obtenir le prix de son travail, et plus d'une fois Jules eut la satisfaction de trouver en arrivant une ou deux petites meules élevées en son absence. Thibaut était toujours celui qui travaillait le plus gaiement, le plus constamment, et faisait le plus d'ouvrage en moins de temps : aussi Jules avait-il un grand plaisir à le récompenser, et lui destinait-il toujours ce qu'il avait de meilleur; mais le plus souvent Thibaut lui disait : « Ça n'est pas pressé, M. Jules, » et paraissait payé du plaisir de bien faire. Jules n'en était que plus attentif à lui réserver sa part. Mais un soir que Thibaut n'avait rien eu de la journée, comme il se préparait avec satisfaction à lui remettre un bon morceau de brioche qui avait fait l'envie de tous les camarades, et que Jules n'avait sauvé de leur avidité qu'en ajoutant quelque chose aux parts qu'il leur destinait, il se trouva que, les provisions épuisées, il y avait un acte de sincérité à récompenser, une erreur de justice à réparer. Le morceau de brioche était là, les deux aspirants le dévoraient des yeux ; et Jules, également affligé de tromper ou de remplir leur attente, s'écria douloureusement :

— Mais Thibaut n'aura donc rien ?

— C'est égal, M. Jules, dit Thibaut en s'en allant, ne vous inquiétez pas de ça.

Si Jules n'eût pas été aussi obéissant qu'il l'était, il aurait sur-le-champ récompensé le désintéressement de Thibaut, au moyen d'une pièce de dix sous qu'il avait dans sa poche, présent magnifique, et dont il lui aurait été bien doux de donner la joie au pauvre Thibaut ; mais son père lui avait défendu de jamais donner d'argent aux enfants du village, presque toujours certain qu'ils en feraient un mauvais emploi. Il se promit bien de lui en demander la permission ; et après avoir partagé le morceau de brioche aux deux prétendants, il courut après Thibaut, et lui dit : — Tu n'y perdras rien, je te le promets.

— Oh! que ça ne vous embarrasse pas, M. Jules, » dit Thibaut, d'un air aussi gai que s'il eût emporté une brioche tout entière. Jules lui secoua la main, en lui disant : — Adieu, Thibaut ; et ils se séparèrent comme des amis.

M. de Villiers ne permit point à son fils de donner à Thibaut les dix sous ; mais il lui permit de s'informer de lui, et, s'il le méritait, de lui faire du bien. En conséquence, le lendemain matin, pressé par les instances de Jules, M. de Villiers se rendit avec son fils à la prairie. Comme il s'était arrêté en chemin pour parler à des ouvriers, Jules passa devant, et courut à l'endroit où se réunissaient les enfants. Il fut étonné de n'y voir que les plus petits ; mais un son confus de voix et d'éclats de rire lui apprit que les autres n'étaient pas loin. Il les trouva en effet derrière une touffe d'arbres qui les lui cachait, réunis tous au bord de la rivière, assez large en cet endroit. Au milieu d'eux, Jules aperçut deux petits garçons de treize à quatorze ans, et qui avaient l'air d'assez mauvais sujets. Ils tenaient un chien attaché par une corde, le jetaient dans la rivière ; et lorsqu'en nageant la malheureuse bête regagnait le bord, ils le repoussaient et le retenaient même quelquefois sous l'eau avec leurs gros bâtons. Le pauvre chien se débattait en gémissant ; ce qui n'empêchait pas les petits garçons qu'avait attirés ce spectacle, de rire de ses efforts et de crier, toutes les fois qu'il paraissait prêt à remonter sur la rive : — Il va sortir, il va sortir, comme s'ils eussent craint qu'il n'échappât à son supplice ; et, ce qui fit beaucoup de peine à Jules, Thibaut regardait et riait comme les autres.

— Que c'est mal, que c'est affreux, ce que vous faites là ! s'écria Jules avec l'accent d'une indignation qu'il ne pouvait exprimer comme il la sentait ; et mettant la main sur la corde, il voulait aider le chien à remonter, malgré les coups dont on l'accablait.

— Qu'est-ce que cela vous fait? dit brutalement le petit garçon qui tenait la corde, et il lui donna sur la main un coup de son bâton, pour l'obliger à la lâcher. Alors Thibaut s'élance furieux et saisit d'une main le bâton, de l'autre la corde, pour aider Jules et le chien ; mais l'autre garnement pousse Thibaut, et du haut d'un petit promontoire où ils s'étaient placés pour que le chien eût plus de peine à le gravir, il le fait sauter dans la rivière. Jules jette un cri, et comme il savait déjà un peu nager, il est prêt à s'élancer pour aller au secours de son ami Thibaut ; mais aussitôt que la flaque d'eau élevée par sa chute est retombée, Thibaut reparaît, il avait sauté sur ses pieds, et l'eau ne lui allait qu'aux épaules. — Pousse le chien, lui criait Jules, en le voyant s'avancer vers le bord, tandis que lui-même tirait toujours la corde de la main droite, s'accrochant du bras gauche à un arbre dont il se faisait un point d'appui.

— Ah! tu veux donc aller boire aussi? dit le mauvais petit garçon, le saisissant par le bras, comme s'il eût eu l'intention de le jeter dans la rivière. Alors tous les assistants se sauvent, et une petite fille court vers la prairie en criant : « On veut jeter M. Jules dans l'eau. »

A ce cri, M. de Villiers, qui cherchait son fils, accourt du côté que lui indique la petite fille, et arrive au moment où, au lieu de s'occuper à sortir de l'eau, Thibaut, profitant de l'avantage de sa position, avait tiré par les jambes le petit garçon qui tenait Jules, et l'ayant fait tomber, cherchait à l'attirer dans la rivière, malgré les efforts de l'autre, qui, pour défendre son camarade, tâchait de l'y pousser lui-même. A l'aspect de M. de Villiers la lutte cesse ; Thibaut sort de l'eau, et Jules, délivré de son antagoniste, explique à son père de quel péril il avait délivré le chien, qui de son côté avait profité de ce moment de désordre pour sortir enfin de la rivière.

— Pourquoi voulez-vous noyer ce chien? demanda M. de Villiers aux deux petits garnements.

— C'est notre chien, répondit l'un d'eux d'un ton fort insolent.

— Voilà pourquoi je vous demande, reprit

M. de Villiers, quelle raison vous avez de vouloir le noyer : on ne noie pas son chien sans de bonnes raisons.

— C'est une si mauvaise bête, répondit l'autre, qu'on n'en peut rien faire, et personne ne veut l'acheter. En effet, le chien, qui était assez fort, tirait la corde de manière à prouver qu'il devait être difficile de le garder contre son gré.

— Je l'achèterai, s'écria Jules aussitôt, mais à demi-voix et regardant son père, qui lui fit signe de se taire.

— Comment ! c'est votre chien, dit M. de Villiers, et vous ne savez pas mieux vous en faire obéir ? Appelez-le donc par son nom.

— Son nom, son nom, dirent-ils d'un air insolent et embarrassé.

— Est-ce qu'il n'a pas de nom ?

— Il a bien un nom, reprirent-ils du même ton, et cherchant à s'en aller ; mais M. de Villiers en avait saisi un par le bras, et Jules avec Thibaut faisaient la garde auprès de l'autre.

— Vous l'appellerez par son nom, reprit M. de Villiers, ou vous viendrez avec moi chez le maire dire le vôtre, et déclarer où vous avez pris ce chien. Il n'y avait pas moyen d'échapper : alors un des deux se hasarda à l'appeler *Fidèle*, l'autre *Courte-Oreille* ; mais au lieu de répondre à l'appel, le chien, redoublant d'efforts et de colère, parvint à rompre la corde, et s'enfuit avec une telle rapidité et si droit devant lui, qu'on vit clairement qu'il savait bien où aller. Les deux mauvais sujets furent renvoyés avec une défense sévère de reparaître dans le canton. M. de Villiers fit aisément comprendre à son fils pourquoi il n'avait pas voulu parler d'acheter le chien. — C'était encore comme l'affaire du petit pâté, lui dit-il; tu étais si pressé de conclure, que tu prenais le mauvais moyen avant de chercher s'il n'y en avait pas un bon; et le bon se trouve presque toujours quand on est décidé à n'en pas employer de mauvais. Jules en convint, et convint aussi que dans sa querelle avec les petits garçons, le danger pressant du chien lui avait fait oublier la prudence et les recommandations de son père.

— Je pardonne très-aisément ces oublis-là quand on est le plus faible, dit en souriant M. de Villiers, et Jules se trouvait heureux de n'être pas blâmé de son père, car il lui aurait été pénible de croire qu'il eût eu grand tort de se laisser emporter à un mouvement de bonté.

Les enfants de la prairie étaient revenus. Jules fit remarquer au milieu d'eux à son père, Thibaut, qui se tenait là encore tout mouillé, et qui ne s'était exposé que pour le défendre. M. de Villiers prit de suite, auprès de Maillard, des informations sur cet enfant. Il apprit qu'il était orphelin depuis plusieurs années, et nourri par pure humanité chez des gens très-pauvres; que c'était un bon garçon, fort aimé dans le village, et à qui le maître d'école donnait même quelques leçons *gratis*. M. de Villiers lui dit en s'en allant : — Thibaut, je sais que tu es un brave garçon, je ne t'oublierai pas. Et Jules demeura assez intrigué de savoir ce que son père voulait faire pour Thibaut. Il rentra à la maison le plus tôt qu'il pût, et courut dans le cabinet de son père; puis, lorsqu'il y fut arrivé, il demeura debout, sans oser parler, et tout rouge d'embarras et d'attente. Son père le devina

— Eh bien! lui dit-il, voyons, que désires-tu que je fasse pour Thibaut?

Jules fut embarrassé ; il n'avait pensé à rien ou plutôt il avait pensé à beaucoup de choses qu'il n'osait dire, ne sachant pas si elles étaient possibles. Cependant, après un moment d'hésitation, il répondit : — Mon père, je voudrais que Thibaut pût être souvent avec moi. Voyez-vous, il m'écoute quand je lui dis quelque chose de bien, et cela a l'air de lui faire plaisir; mais quand je ne lui ai rien dit, il fait tout comme les autres. Je crois, ajouta Jules en rougissant, qu'il serait utile que je pusse lui donner quelquefois de bons conseils.

— Je le pense aussi, lui dit son père; Thibaut me paraît avoir un de ces caractères faciles qui se livrent au bien dès qu'on le leur montre, et qui apprendraient aussi aisément le mal. Mais songe donc, mon fils, ajouta M. de Villiers, à la responsabilité que tu voudrais t'imposer. Avec l'autorité que tu as déjà sur l'esprit de Thibaut, l'attachement qu'il paraît avoir pour toi, un mauvais exemple de ta part lui pourrait devenir funeste peut-être pour toute sa vie.

— Oh! mon père, s'écria Jules, je ne lui en donnerai que de bons.

— Tu en es sûr? dit M. de Villiers.

— Je le crois, reprit Jules plus modestement.

— Je l'espère aussi, dit M. de Villiers, et ainsi voilà ce que j'ai arrangé : je prendrai Thibaut chez moi. Jules poussa un cri de joie, et voulait courir pour aller annoncer à Thibaut cette bonne nouvelle. Son père l'arrêta.

— Voilà déjà, dit-il, un exemple qu'il ne faudrait pas lui donner, de ne voir dans les choses que le plaisir qu'elles nous font, sans examiner ce qu'elles ont d'utile et de raisonnable. Jules demeura un peu honteux. Son père continua :

— Je paierai ses mois au maître d'école; il est juste que ce soit moi plutôt que ce brave homme qui fasse les frais de son éducation. Quand il ne sera pas à l'école, il s'occupera de ton service, rangera ta chambre, nettoiera tes habits, s'accoutumera ainsi à l'ordre et à la propreté, et le reste du temps travaillera avec Maillard.

Tous ces détails n'avaient fait qu'ajouter à la joie de Jules, en lui présentant une perspective de jours bien heureux pour lui et son cher Thibaut. Il joignait les mains dans son ravissement sans pouvoir prononcer une parole, et sa mère étant entrée, il se jeta à son cou en lui apprenant son bonheur. Elle en fut heureuse, car elle aimait beaucoup les joies de son fils. M. de Villiers exigea que son fils n'en dît rien à Thibaut de la journée, pour ne pas exciter de jalousie parmi les faucheurs, qui s'en retournaient le soir pour aller faire la moisson dans leur pays. Jules se contenta donc, lorsqu'il revint à la prairie, de faire à Thibaut un signe d'amitié et d'intelligence : peut-être eut-il moins envie d'y rester, et s'occupa-t-il avec moins d'intérêt de l'éducation des autres enfants ; cependant, avec la permission de son père, il eut soin avant leur départ de leur distribuer à chacun, dans un petit panier, du pain blanc, un morceau de viande et des cerises, chargeant les mères des plus petits de veiller à ce que leurs enfants ne fussent pas lésés. Les grandes lui promirent d'ailleurs de se contenter de leur part, et il eut la satisfaction d'observer dans quelques-uns d'entre eux plus d'idées d'ordre et de justice qu'ils n'en avaient à leur arrivée.

M. de Villiers se rendit le lendemain au village pour y arranger les affaires pe Thibaut : cela ne fut pas difficile. Les pauvres gens qui prenaient soin de lui le cédèrent volontiers à M. de Villiers, enchantés de sa bonne fortune, et espérant d'ailleurs qu'il leur servirait un jour d'appui. Les guenilles de Thibaut furent remplacées par une veste et un pantalon de toile bleue ; pour la première fois il porta des bas, des souliers, et avec un vieux chapeau de Jules, il se crut aussi beau qu'un prince. Il lui fut ordonné d'avoir soin de se tenir assez proprement pour pouvoir, en sortant de travailler au jardin, venir servir Jules à table ; et Thibaut, qui était actif, intelligent, et d'une docilité surprenante à prendre toutes les habitudes qu'on voulait lui donner, se montra tout-à-fait propre à son nouvel emploi.

Le rôle de maître, quoique les premiers jours Jules en eût été un peu fier, n'avait pas d'inconvénients pour lui ; il était, par son éducation, parfaitement exempt de toute idée de hauteur, et naturellement doux, sensible, généreux, il n'avait pas le goût du commandement ; il fallait plutôt le préserver d'un peu de faiblesse envers les autres, suite du besoin qu'il avait de voir tout le monde content. Ainsi, deux jours après l'arrivée de Thibaut, M. de Villiers étant entré dans la chambre de son fils, trouva qu'à midi le lit n'était pas fait; il le gronda de n'avoir pas exigé de Thibaut qu'il le fît avant d'aller à l'école. Jules donna toutes les raisons de Thibaut, que M. de Villiers trouva mauvaises; et comme il avait l'air mécontent :

— Mon Dieu ! dit Jules presque les larmes aux yeux, est-ce qu'il faut donc être si sévère avec les gens qui nous servent?

— Mon fils, reprit M. de Villiers, si vous croyez que j'ai mis Thibaut auprès de vous pour que vous fussiez servi par un domestique, vous vous êtes trompé; j'ai voulu vous donner un élève à qui vous devinssiez utile en le formant aux devoirs qu'il aura à remplir par la suite. En étant trop indulgent pour un domestique, on peut ne faire tort qu'à soi-même; mais il n'est pas permis de l'être pour un élève, car c'est à lui qu'on fait tort.

Jules comprit ce que lui disait son père; aussi, dès que Thibaut revint de l'école, se hâta-t-il de lui dire :

— Thibaut, mon père veut que mon lit soit fait tous les jours de bonne heure; il n'y faudra pas manquer, entends-tu? Car Jules ne pensait pas encore qu'il pût donner sa volonté pour une raison, mais celle de son père lui était sacrée, et il la faisait exécuter. Un autre jour, M. de Villiers le trouva rangeant quelque chose qu'avait oublié Thibaut.

— Au lieu de cela, dit M. de Villiers, va le chercher pour qu'il le range.

— Mais, mon père, répondit Jules, cela me donnera plus de peine.

— C'est précisément pour cela que je t'y invite, reprit son père. Tu entends bien, reprit-il en riant, que je ne te laisserais pas perdre l'habitude de te servir toi-même, si je ne savais pas qu'il t'en coûtera beaucoup plus de peine pour apprendre à Thibaut à te servir.

Il voulait aussi que Jules eût l'attention de veiller à ce que Thibaut se tînt proprement, et soignât ce qu'on lui donnait. Jules trouvait bien ces détails un peu ennuyeux ; mais son père lui disait :

— Si je m'apercevais que tu ne fusses pas capable de former Thibaut, je le renverrais ; car alors son éducation serait mauvaise pour lui et pour toi. Et il n'était rien que Jules n'eût fait pour éviter un pareil malheur.

Les premiers jours, Jules, pendant sa récréation, avait été s'amuser et causer avec Thibaut, ce qui le dérangeait de son ouvrage. M. de Villiers dit à son fils :

— Si tu te trouves encore assez enfant pour employer ta récréation à des choses inutiles, tu en es bien le maître ; mais ce n'est pas un exemple que tu doives donner à Thibaut ; va perdre ton temps ailleurs.

Alors Jules se mit à travailler avec Thibaut sous la direction de Maillard, et tous deux passèrent ainsi ensemble une partie de leur journée, toujours occupés et par conséquent ne formant que de bonnes pensées ; car les mauvaises ne viennent d'ordinaire qu'à ceux qui sont embarrassés de l'emploi de leur temps : et cette familiarité, loin de diminuer l'ascendant de Jules sur Thibaut, servait au contraire à l'augmenter ; car elle donnait à celui-ci de continuelles occasions de reconnaître la supériorité de Jules, non seulement dans ce qu'il avait appris et qu'on n'avait pas enseigné à Thibaut, mais encore dans les travaux du jardin et autres de ce genre, qui auraient paru devoir appartenir davantage aux habitudes de Thibaut ; et cela venait de ce que Jules, plus accoutumé à réfléchir, plus instruit, ce qui facilite toujours les nouvelles connaissances, et ayant d'ailleurs l'avantage de raisonner avec ses parents de ce qui l'occupait, comprenait beaucoup plus vite les choses et les exécutait avec plus d'intelligence ; en sorte que Thibaut, qu'il traitait d'ailleurs avec beaucoup d'amitié, n'avait pas une idée qui ne se rapportât à ceci : Faire comme M. Jules, ou faire ce que veut M. Jules.

Les affaires de M. et de madame de Villiers les ayant obligés à passer deux années de suite à la campagne, Jules s'y fortifia singulièrement.

acquit l'habitude d'une grande activité et de toutes sortes de travaux, étant très-souvent avec Thibaut au milieu des ouvriers de son père, qu'il aidait selon sa force et avec beaucoup d'ardeur. Il avait ainsi perdu cette timidité des enfants élevés à la ville, qui se laissent facilement embarrasser des moindres choses; mais peut-être aussi avait-il plus de peine à se soumettre aux différentes contraintes qu'on lui imposait, non qu'il eût l'idée de s'y soustraire, le sentiment de son devoir était trop fort en lui, mais quelquefois il en murmurait ou du moins s'en affligeait. M. de Villiers, occupé de ses affaires, quittait peu sa maison, et la pensée de Jules s'élançait par-delà les coteaux assez éloignés qui bornaient son horizon. Il aurait voulu pouvoir y errer à son plaisir, seul avec Thibaut, les parcourir en tous sens, voir les pays qu'ils lui cachaient. Ses lectures, ses conversations avec son père remplissaient son imagination de mille désirs curieux dont il instruisait Thibaut. Celui-ci les partageait peu; le village et ses environs étaient pour lui un monde suffisant: mais ce qui contrariait Jules le contrariait; il était capable de désirer vivement ce qui faisait plaisir à Jules; et comme pour les esprits qui n'ont pas reçu des principes de morale bien fermes, un désir devient bien facilement une bonne raison, la chose dont Jules avait envie était aux yeux de Thibaut la plus juste et la plus raisonnable; et Jules faisait ainsi, sans s'en apercevoir, beaucoup de mal et à Thibaut et à lui-même : car c'est diminuer la force qu'on a pour remplir son devoir que de s'appliquer à s'en exagérer les inconvénients, au lieu d'en considérer la nécessité.

Quoique Jules eût une assez grande liberté dans les champs, on lui avait défendu d'aller seul du côté de la grande route ; et la tentation était d'autant plus grande qu'elle était en vue de la maison, en sorte qu'on apercevait, sans le bien distinguer, tout ce qui s'y passait ; et la guerre étant alors dans sa plus grande activité, il y passait continuellement des troupes qui se rendaient à leur destination. Jules se désolait sans cesse de ne pouvoir les aller examiner de près. Un soir, il y passa un train d'artillerie fort considérable. Jules travaillait avec Thibaut dans le jardin. Le bruit des roues, beaucoup plus fort que celui que faisaient entendre les convois ordinaires de troupes, avait excité leur curiosité; ils montent sur un banc, d'où ils pouvaient voir la route. Le jour qui commençait à baisser ne leur permet pas de démêler ce qui y passe, mais c'est quelque chose d'extraordinaire, de curieux.

— Je vais savoir ce que c'est, dit Thibaut, et il part en courant.

— Viens me le dire à la haie, lui crie Jules;

c'était la haie qui bornait le parc à une certaine distance de la route, et qu'il n'était pas permis à Jules de franchir. Il s'y rend en courant ; le bruit des roues devenait toujours plus fort. La haie, beaucoup trop haute, masquait absolument à Jules la vue du chemin. Il essaya d'écarter les branches ; mais elles étaient trop épaisses pour qu'il suffît d'y passer la tête ; son corps suivit, et Jules se trouva à moitié hors de la haie. Le convoi s'était arrêté, et cependant il paraissait y avoir autour un grand mouvement. Thibaut en approchait toujours courant.

— Qu'est-ce que c'est? lui criait Jules.

— Des canons, répondait Thibaut, déjà assez près pour voir ce que c'était ; et la tête tournait à Jules de savoir des canons si près de lui. Tout d'un coup Thibaut s'arrête, et se retournant à demi avec un geste qui indique une grande surprise, il lui crie quelque chose que Jules n'entend pas. Jules a déjà traversé la haie et le fossé qui la borde; il avance toujours, appelant, quoiqu'à voix basse, Thibaut qui continue à lui parler, toujours approchant de la route, et comme entraîné par une curiosité que chaque instant semble rendre plus vive. On venait de s'apercevoir qu'une roue d'un des affûts de canon que l'on avait oubliée en arrosant les autres, était si échauffée, qu'elle menaçait de prendre feu. Sur-le-champ on avait arrêté la marche et l'on courait de tous côtés chercher de l'eau. Incapable de s'arracher au spectacle de l'événement, Thibaut continuait à rendre compte à Jules, qui, continuant à ne pas l'entendre, et sentant croître son agitation, marchait vers lui presque sans le savoir : enfin prenant son élan, il se mit à courir vers le lieu de la scène. Pendant quelques instants, occupé seulement de ce qu'il voit, il ne songe pas à ce qu'il a fait; mais lorsque l'eau, trouvée en abondance dans un ruisseau peu éloigné, a calmé les craintes, et que l'on commence à se remettre en ordre pour reprendre la marche, il revient à lui-même, et effrayé d'une si grande contravention aux ordres de son père, qu'il sait être positifs et sévères, il reprend sa course plus rapidement qu'il n'était venu, arrive à la haie, la traverse, court, le cœur palpitant de crainte, à l'endroit où il avait laissé sa bêche, et n'y voyant personne, se hâte de la reprendre comme s'il n'avait pas quitté son ouvrage.

La crainte qu'il avait éprouvée avait suspendu le remords de sa faute; et lorsqu'il fut assuré que personne ne s'était aperçu de son absence, il sentit la honteuse satisfaction d'avoir manqué impunément à son devoir : tant un seul tort peut donner de mauvais sentiments que l'on ne connaissait pas auparavant. Mais lorsqu'en rentrant il trouva son père qui lui dit l'avoir appelé inutilement pour aller voir passer les canons. Jules en répondant faiblement qu'il était bien fâché de ne l'avoir pas entendu, souffrit de ne pas avouer la vérité, presque autant qu'il aurait souffert à proférer un mensonge : et en effet, après avoir trompé la confiance qu'on vous portait, ne pas le déclarer, c'est mentir. Aussi Jules se sentait-il en ce moment si oppressé sous le poids de sa faute qu'il dissimulait, qu'un mot de plus, et il aurait tout dit; mais son petit frère ayant adressé à M. de Villiers des questions sur les canons qui avaient passé, l'attention fut détournée de Jules, dont en ce moment l'obscurité cachait la rougeur et l'embarras, et qui, tiré d'affaire pour le moment, n'en fut que plus assujéti à l'absolue nécessité de laisser ignorer une faute dont il n'était pas convenu d'abord.

Le soir, en se déshabillant, il s'aperçut qu'il n'avait plus sa montre; il alla à la chambre de Thibaut, lui en demanda des nouvelles; Thibaut ne pouvait lui en donner aucune. Une pensée terrible se présente à Jules : s'il l'avait perdue hors du parc! Cependant il peut encore espérer de l'avoir laissée sur le banc près de l'endroit où il travaillait; il communique cette idée à Thibaut, qui saute à bas de son lit, et descend avec lui dans le jardin, sans bruit et sans lumière. Tous deux vont visiter le banc, la montre n'y était pas, ni dans les environs, comme ils peuvent s'en assurer à la clarté de la lune. Jules se souvient qu'au moment où il a traversé la haie en revenant, il a éprouvé une forte résistance d'une branche qui l'accrochait, et que, dans sa précipitation à rentrer, il a forcé le passage, et, sans trop savoir comment, s'est débarrassé de l'obstacle qui le gênait. Il ne doute pas que la montre ne soit restée suspendue au buisson par le cordon. Que deviendra-t-il si on la trouve? C'est précisément là qu'on va faire paître les vaches le matin. Quelque peu vraisemblable que soit cette idée, elle s'empare de l'esprit de Jules ; et il en paraît si tourmenté, que Thibaut lui propose d'aller sur-le-champ la chercher.

— Comment faire? dit Jules, toutes les portes de la maison et du jardin sont fermées.

— Oh! je sais bien un endroit par où je passerai, dit Thibaut; et pieds nus, presque en chemise, le voilà parti. Il y avait en effet, dans la basse-cour qui communiquait à la maison, une porte fermée en dedans seulement par deux gros verroux : un simple loquet devait l'assujétir en dehors; mais l'état du mur ne permettait pas que le loquet tînt ferme, et dès que les verroux n étaient pas mis, le moindre vent la faisait ouvrir. Aussi M. de Villiers ordonnait expressément qu'on la tînt fermée au verrou dès que la nuit arrivait, de peur qu'elle ne laissât entrée à quelque bête nuisible. Jules le savait bien et savait bien aussi que Thibaut ne pouvait sortir que par là. Il remonta dans sa chambre, inquiet, humilié, le cœur serré, et attendit sans lumière pendant un intervalle de temps qui lui parut bien long. Enfin il entendit arriver Thibaut, qui montait tout doucement.

— La voilà, dit-il à voix basse dès qu'il eut rencontré Jules qui l'attendait. J'ai bien reconnu la place au clair de lune, et après j'ai tant tâté dans la haie que je l'ai trouvée. Mais pensez donc, M. Jules, il ne s'en est pas fallu de rien que je n'aie été enfermé dehors.

— Comment! est-ce qu'on t'a vu?

— Oh! oui, M. Maillard; mais n'ayez pas peur, ça ne fait rien. Il était là à fureter de tous côtés, parce que, je crois, le vent qui faisait battre la porte l'avait éveillé, et il regardait si personne n'était entré. Je l'ai vu, comme je revenais, qui sortait pour voir en dehors, et j'ai eu une fameuse peur. Mais comme j'étais au coin du buisson (vous savez qu'il n'est pas loin de la porte), j'ai filé par derrière; et puis après, au moment où il tournait le dos en regardant de l'autre côté, zeste, j'ai passé derrière lui, et je suis entré. Heureusement mes sabots ne faisaient pas de bruit, dit-il en riant et levant son pied nu.

— Il ne t'a donc pas vu? dit Jules toujours plus troublé.

— Si fait, au coin de la basse-cour, comme j'étais pour rentrer dans la maison, il m'a demandé si c'était moi qui avais ouvert la porte. Moi j'ai dit que non, tout simplement.

— Ah! mon Dieu! mais il a dû être étonné de te voir là!

— Oh! j'ai dit que je m'étais relevé, sauf respect, pour un besoin ; et ça avait tout l'air de ça, parce que, comme je n'avais fait qu'enfourcher mon pantalon sans bas ni rien... Aussi il m'a cru tout de suite, le pauvre homme, et il a dit : Apparemment que ma femme aura oublié de fermer la porte. Bonsoir, M. Jules. Oh! n'ayez pas peur, je ne me laisserai pas déferrer.

Il s'en alla, et Jules, après l'avoir entendu fermer avec précaution sa porte, ferma la sienne et se coucha plein d'angoisses et de remords. Il voyait dans quelle série de mensonges il avait peut-être engagé Thibaut. Il se voyait forcé de les autoriser par son silence, ou de dénoncer des fautes commises pour lui. L'agitation l'empêcha de dormir une partie de la nuit. Cependant le lendemain il ne fut question de rien. Maillard, qui avait remarqué aussi le trou fait dans la haie, et à qui sa femme avait assuré qu'elle avait fermé la porte, se doutant de quelque désordre, ne dit rien, pour ne pas avertir de ses soupçons, et avoir plus de facilité à les vérifier s'ils étaient fondés.

Le lendemain, en travaillant au jardin, Thibaut se mit à reparler de ses exploits de la veille, ce qui désolait Jules; mais le moyen de gronder et de faire le sévère dans la situation où il s'était mis?

— C'est bien dommage, disait Thibaut, que je n'aie pas pensé à une chose; c'était d'attacher une corde au machin de fer qu'il y a en dehors. En attachant la corde par l'autre bout à l'arbre, la porte n'aurait pas bougé, je vous assure; le vent aurait eu beau souffler dedans. Et voyant que Jules ne répondait rien :

— N'est-ce pas, M. Jules, reprit-il, que c'est une bonne idée?

— Mais pourquoi faire? dit Jules impatienté. Vous savez bien, Thibaut, que mon père ne veut pas qu'on ouvre cette porte le soir. J'ai eu bien tort de vous laisser sortir par là.

— Vous voyez bien, M. Jules, que personne n'en a rien su. La morale de Thibaut n'allait pas beaucoup plus loin, et Jules, en ce moment, n'avait pas autorité pour lui en donner une plus sévère; car il ne pouvait même parler de son repentir, qu'il supportait bien commodément en profitant de la faute. Il reprit cependant, et dit à Thibaut :

— Je vous en prie, Thibaut, ne sortez plus par là le soir; mon père le défend absolument.

— Oh! M. Jules, je n'en ai pas envie : c'était

seulement pour voir. Et voyant que cela déplaisait à Jules, il ne parla plus de son invention, mais l'idée lui en resta dans la tête ; il l'essaya le jour même, et le succès répondit parfaitement à son attente.

Lorsque les enfants ont imaginé un stratagème, ils manquent rarement de chercher à faire quelque sottise qui leur donne occasion de s'en servir : elle se présenta pour Thibaut le dimanche suivant. En allant au village, il apprit qu'il y avait une noce le jour même à un village voisin, dont les habitants étaient en querelle avec ceux de Maule ; et comme le mariage avait eu lieu entre un veuf et une veuve, les garçons de Maule avaient projeté d'aller, comme c'est l'usage en quelques pays, faire la nuit charivari sous la fenêtre des nouveaux mariés. Quand un pareil divertissement n'aurait pas été de la nature la plus propre à tenter Thibaut, l'idée de la porte de la basse-cour lui donnait un nouveau charme. Le soir donc, lorsque tout le monde fut couché, mettant son projet à exécution, il sortit, assujétit la porte, et eut soin de rentrer avant le jour, qui paraissait déjà assez tard, parce qu'on était à la fin de septembre. Comme il achevait de fermer le dernier verrou le plus doucement qu'il pouvait, il entendit ouvrir la fenêtre de Maillard ; c'était sa femme qui se trouvait levée en ce moment, parce qu'elle avait un enfant malade. Elle avait entendu du bruit; et comme elle se souvenait de ce qui s'était passé quelques jours auparavant, elle avait sur-le-champ ouvert la fenêtre pour regarder du côté de la porte. Thibaut se cacha promptement derrière un tonneau ; mais il ne put se cacher si vite, que malgré l'obscurité de la nuit, qui était sombre et pluvieuse, elle ne crût apercevoir quelqu'un : cependant, avant qu'elle eût le temps d'avertir son mari, et celui-ci de descendre, Thibaut, favorisé par les ténèbres, avait regagné la porte de l'escalier, qu'il avait eu soin de laisser entr'ouverte, et était remonté dans sa chambre, ses souliers à la main, pour ne pas faire de bruit. Maillard, ne voyant rien et trouvant la porte fermée, retourna se coucher. Cependant, comme sa femme soutenait toujours qu'elle avait vu quelqu'un, le lendemain en se levant il examina avec soin les environs de la porte, et d'abord remarqua sur la terre humide des traces de pieds qui devaient s'y être empreintes depuis la veille, car ce n'était que pendant la nuit qu'il avait commencé à pleuvoir. Après une assez longue recherche, il vit aussi qu'un panier, qu'il se souvenait d'avoir placé devant la porte, avait été dérangé, Thibaut n'ayant pas eu le temps de le remettre en rentrant. Enfin, ouvrant la porte, il aperçut le bout de corde qui pendait encore au loquet. Pendant l'absence de Thibaut, la pluie ayant mouillé la corde, les nœuds qu'il avait d'ailleurs multipliés et serrés avec soin pour les rendre plus solides, lui avaient paru trop difficiles à défaire, et, par une suite ordinaire de cette imprudence qui porte à commettre des fautes et sert ensuite à les faire découvrir, il s'était contenté de la couper par le milieu, en sorte que l'autre bout pendait à l'arbre, et que Maillard l'ayant découvert vit qu'il s'ajustait parfaitement au morceau demeuré attaché à la porte, et comprit bientôt à quel usage il avait été employé. Alors, se hâtant d'avertir M. de Villiers de ce qui se passait, il lui indiqua Thibaut comme l'objet de ses soupçons.

M. de Villiers se rendit sur les lieux ; il trouva Thibaut et plusieurs autres domestiques occupés à examiner quelques travaux qu'il faisait commencer dans la basse-cour. Thibaut, interrogé, nia comme de raison. Les traces, déjà effacées par d'autres, ne pouvaient plus servir contre lui de pièce de comparaison ; mais la porte avait été la veille peinte en dedans par M. de Villiers lui-même. Thibaut, soit qu'il eût oublié ou ignoré cette circonstance, s'était fortement appuyé contre en la fermant, pour la soutenir afin qu'elle fît moins de bruit, et avait ainsi emporté la peinture dans une longueur de plus de trois pieds ; on voyait aussi la marque de son bras qui s'était glissé contre le bois à la hauteur des verroux. M de Villiers, qui, la veille au soir, avait lui-même fermé la porte pour qu'on ne gâtât pas la peinture, venait de remarquer l'accident arrivé à son ouvrage.

— Quelqu'un, dit-il, doit avoir sur son habit la marque de cette peinture.

Thibaut regarda le sien.

— Je le crois bien, dit Maillard, qui répondait à sa pensée, tu avais hier ton habit des dimanches.

Thibaut ne répondit rien et ne proposa pas d'aller chercher l'habit. M. de Villiers ayant ordonné qu'on l'apportât, tout le côté droit de la veste et du pantalon se trouva peint en vert clair. L'habillement entier était encore humide de la pluie de la veille; Thibaut se mit à pleurer. Jules, arrivé au commencement de l'interrogatoire, était pâle comme la mort. Son père, qui, dès le premier instant, avait observé son trouble, mais sans avoir l'air de le remarquer, le tirant à l'écart, lui dit d'un ton sévère, et le regardant fixement :

— Vous le saviez.

— Non, mon père, répondit Jules tremblant, mais je m'en suis douté.

— Ainsi vous saviez qu'il était déjà sorti par là la nuit, et que l'autre jour...

— O mon père, s'écria Jules en joignant les

mains dans une anxiété douloureuse, la première fois c'est ma faute, pardonnez à Thibaut, tout est ma faute.

Alors, sur l'ordre de son père, Jules, autant que le lui permettait son trouble, raconta tout ce qui s'était passé, ajoutant que c'était sûrement là ce qui avait donné à Thibaut l'idée de sortir par cette porte, chose à laquelle bien sûrement il n'avait pas pensé auparavant.

— Et qu'apparemment ensuite vous ne lui avez pas défendu de recommencer?

— Je vous en demande pardon, mon père; mais, après qu'il l'avait fait une fois pour moi.....

— Je comprends, vous aviez perdu toute autorité; d'après cela vous sentez bien que Thibaut ne peut plus rester chez moi.

— O mon père! Et Jules, quoiqu'il s'attendît à cet arrêt, se laissa tomber sur un banc, la tête appuyée sur sa main, dans l'attitude du désespoir.

— Telles ont été nos conditions, dit M. de Villiers : rabaissé comme vous l'êtes nécessairement aux yeux de Thibaut, par la faute que vous avez commise et celle que vous lui avez fait commettre pour votre compte; vous ne pouvez plus lui être utile, et par conséquent je ne dois plus me charger de lui.

— O Dieu! Dieu! mon père! disait Jules, la tête levée et les mains jointes dans une attitude suppliante, quoiqu'il connût l'immuable fermeté de son père, qui n'était jamais revenu sur une résolution une fois annoncée.

N'y a-t-il pas d'autre moyen que de faire souffrir le pauvre Thibaut de ce qui est ma faute?

— Il y en a un autre, mon fils, si vous avez le courage de le prendre : c'est de subir vous-même une punition exemplaire; alors, après avoir souffert à cause de lui et pour lui, vous reprendrez sur lui tous vos droits et votre autorité.

— Une punition, mon père? dit Jules en pâlissant.

— Oui. Songez, mon fils, à ce que c'est que de se voir puni à près de treize ans que vous allez avoir. Examinez en vous-même si vous aurez la force de soutenir une pareille honte; car la honte serait double, si, après avoir accepté, vous succombiez sous le poids.

— Cette punition sera donc bien terrible, mon père? dit Jules tremblant, et d'une voix altérée par la crainte.

— Pendant quinze jours, au lieu de vous mettre à table avec nous, vous mangerez à une petite table à côté, en signe de pénitence.

— De pénitence! Qu'il vienne quelqu'un ou non?

— Qu'il vienne quelqu'un ou non.

— O mon Dieu! ô mon Dieu! disait Jules en se tordant les mains; puis tout d'un coup se levant de dessus le banc :

— J'accepte, dit-il avec le courage du désespoir; et il y avait dans ses yeux quelque chose de farouche.

Cependant Jules promit de tenir le marché, puisque l'exécution en était remise à son courage. Aussi passa-t-il la matinée dans des sentiments assez tranquilles. M. de Villiers fit connaître aux gens de sa maison ce qui s'était passé, déclarant que Thibaut avait mérité d'être renvoyé par sa désobéissance et ses mensonges; mais que Jules, reconnaissant que c'était lui qui avait eu le premier tort, voulait se charger de la punition de Thibaut. Les domestiques alors firent de grands reproches à Thibaut, qui se mit à pleurer en disant qu'il voulait s'en aller plutôt que de causer du chagrin à M. Jules. Celui-ci le consola, mais ne put s'empêcher de lui dire :

— Il est sûr, Thibaut, que si vous n'étiez pas sorti cette nuit malgré ce que je vous avais dit, rien de tout cela ne serait arrivé.

— Oh! mon Dieu! oui, M. Jules, répondit ingénument Thibaut; car le jour que j'ai été pour chercher la montre, personne n'avait rien su.

Ce souvenir rappela à Jules qu'il n'avait pas

encore acquis le droit de montrer de la sévérité.

Quand l'heure du dîner approcha, Jules recommença à se troubler, et le son de la cloche lui causa un ébranlement universel. Entrer dans la salle à manger, prendre, aux yeux des domestiques, la situation d'un coupable, c'était une idée qui, à mesure qu'il approchait du moment, redevenait pour lui aussi intolérable qu'elle lui avait paru d'abord. Il ne pouvait se décider à descendre, et son père, qui vint le chercher, le trouva qui marchait dans sa chambre en ébranlant le plancher de ses pas, et frappant du poing toutes les murailles.

— Est-ce là, Jules, ce que vous m'aviez promis ? lui dit son père d'un ton où il entrait plus de fermeté que de sévérité.

— Descendez, ajouta-t-il, et que je n'aie plus à vous venir chercher.

Jules suivit son père et fut un peu soulagé par l'air triste des domestiques, qui semblaient s'empresser à lui alléger sa punition, car il s'était fait aimer de tous. Il avait demandé s'il lui était permis de s'en aller aussitôt qu'il aurait mangé ce qui lui était nécessaire, et cette liberté lui ayant été accordée, il se hâta de quitter la table aussitôt qu'il eut mangé de la soupe et un morceau de viande ; et tout le temps que dura la pénitence, il y ajouta une assez austère abstinence qui lui était bien moins pénible à supporter que sa situation; mais Thibaut, qui le servait à table, en jugeait autrement : il pouvait à peine retenir ses larmes, quand il voyait Jules se lever de table à moitié repu, et demeurer le reste du jour pâle et triste; ce que Thibaut attribuait, comme de raison, au défaut de nourriture. Les domestiques pensaient de même, et disaient qu'il finirait par tomber malade, rejetant tout le tort sur Thibaut : alors celui-ci disait à Jules qu'il voulait s'en aller, qu'il était trop malheureux; mais, usant de l'autorité qu'il sentait renaître en lui, Jules l'exhortait à la patience, terminant toujours son sermon par ces mots :

— Surtout souvenez-vous, Thibaut, de ne jamais faire ce que je vous aurai défendu; ce que Thibaut promettait avec toute la ferveur de son repentir. Jules pria aussi les domestiques de ne plus faire de reproches au pauvre Thibaut, ce qu'ils lui promirent par amitié pour lui.

La fin de ses peines approchait, et le hasard, peut-être aussi les soins de ses parents, qui avaient épargné le chagrin de voir aucun étranger témoin de son humiliation; mais quatre jours avant celui qui devait terminer la quinzaine, M. de Villiers apprit dans la matinée l'arrivée de son frère et de sa belle-sœur, qui venaient avec un de leurs amis communs, sa femme et plusieurs enfants, en tout sept ou huit personnes, passer chez lui la première moitié d'octobre.

Les préparatifs à faire pour les recevoir répandirent promptement la nouvelle dans la maison. Jules l'apprend ; hors de lui, il court au salon, où il trouve sa mère les yeux humides, son père l'air fort sérieux.

— Mon oncle arrive ! s'écrie-t-il d'un air presque égaré.

— Oui, mon fils, lui dit son père avec un regard annonçant à la fois sa détermination et ce qu'elle lui coûtait.

— Et M. de Blou aussi... reprit Jules de la même manière, et sa femme..... et ses enfants.

— Oui, mon fils.

Jules frappait du pied.

— Non, disait-il en marchant dans le salon avec violence, non, cela ne se peut pas.

— Vous le savez, dit M. de Villiers : s'il vous est impossible de supporter l'épreuve, vous êtes le maître d'y renoncer.

— Oui, reprit Jules, avec une colère que le respect contenait à peine, le maître de me déshonorer... d'abandonner Thibaut... de perdre tout ce que j'ai fait pour lui... car ce serait bien commode ; pour quatre jours que j'aurais manqué, on le traiterait comme si je n'avais rien fait du tout.

— Ne sont-ce pas là nos conventions? demanda M. de Villiers d'un air sévère.

— On les a faites comme on a voulu, murmura Jules, dont le ressentiment semblait croître à chaque parole.

— Et on a été libre de les accepter, reprit M. de Villiers d'un ton qui croissait aussi en sévérité.

— Jules, continua-t-il, faites tout ce que vous voudrez, excepté de céder en lâche à la faiblesse de croire les choses injustes, parce que vous ne savez pas les supporter. Cette épreuve est cruelle, je l'avoue. J'aurais désiré vous l'épargner; mais puisqu'elle est arrivée, je ne puis vous y soustraire. J'ai fait grâce à Thibaut, et si je vous ai puni, c'était pour que l'humiliation de la faute cessât de vous être commune. Vous voudriez apparemment que la grâce le fût, poursuivit-il avec une expression de dédain, et partager avec Thibaut les avantages de cette humiliation; mais pour moi, cela ne me convient pas, du moins tant qu'il sera avec vous.

Décidez-vous donc, reprit M. de Villiers; et, quelque parti que vous preniez, que ce soit, je vous prie, sans aucune de ces honteuses violences qui, je vous le déclare, me répugnent singulièrement.

Il sortit en disant ces paroles, et Jules demeura accablé. Sa mère voulut en vain le consoler ; il ne lui répondit point, car il sentait son âme remplie d'amertume. Il remonta dans sa chambre, et là se livra tantôt à des mouvements d'emportement, tantôt à une faiblesse qui se soulageait par des torrents de larmes. Thibaut, instruit de ce qui arrivait, et le voyant en cet état, vint lui dire que décidément il voulait s'en aller plutôt que de le mettre dans cet état-là. Jules le repoussa d'abord avec colère, puis se le reprocha, lui parla avec douceur, lui dit qu'il ne voulait pas absolument qu'il s'en allât. Il était bien décidé sur ce point, et ne savait pas se décider à supporter ce qui en était la conséquence : effet ordinaire de la faiblesse, qui ajoute à tous les malheurs. L'excès de son agitation le fit tomber dans une espèce de stupeur d'où ne le tira pas même le bruit de l'arrivée des voyageurs. Son père, qui monta chez lui, le trouva assis et immobile, la tête appuyée contre la muraille, les yeux mornes, le visage gonflé de larmes, et son vêtement en désordre.

— Jules, lui dit M. de Villiers avec fermeté, mais avec douceur, d'après ce que m'a dit Thibaut, je vois que vous avez pris, comme je l'espérais, le parti le plus généreux. Maintenant, mon fils, il s'agit de le soutenir comme il convient. Ce qui serait vraiment humiliant serait de paraître dans cet état. Allons, habillez-vous, et que votre courage à réparer votre faute vous attire l'estime de ceux qui seront témoins de votre punition.

Ces paroles firent revenir les larmes aux yeux du pauvre Jules. Son père lui mit la main sur l'épaule :

— Allons, mon fils, lui dit-il avec tendresse, peut-être n'auras-tu de ta vie une épreuve plus difficile; mais sois sûr qu'il te sera doux de l'avoir subie honorablement.

Ces mots ranimèrent Jules, en l'assurant de l'estime de son père. Il se leva et se mit à s'habiller; mais comme il achevait, la cloche du dîner se fit entendre, et lui causa un tremblement qu'il lui fut impossible de vaincre. Sa mère arriva, le trouva en cet état et pouvant à peine se soutenir.

— Oh! mon enfant, mon pauvre Jules! lui dit-elle en l'embrassant et pouvant à peine retenir ses larmes, j'ai prié Dieu toute la matinée de te donner du courage, est-ce qu'il ne m'a pas exaucée?

Jules était religieux; il éleva aussi son âme vers le ciel, et en reçut de la force; car pour la première fois il sentit qu'il faisait une chose qui était bien et pleinement approuvée par sa conscience! Il promit à sa mère de ne plus se laisser abattre, mais il la pria de descendre seule, parce qu'il aimait mieux n'arriver que quand on serait à table.

On l'avait déjà demandé plusieurs fois, et les enfants l'auraient été chercher dans sa chambre, si quelqu'un de la maison avait voulu la leur indiquer. En entrant dans la salle à manger, les enfants s'étonnèrent de voir une petite table à côté de la grande.

— C'est pour Jules, leur dit d'un air mystérieux et affligé le petit Frédéric, son frère; il est en pénitence.

Les enfants furent surpris, allèrent le dire tout bas à leurs parents, qui ne pouvaient les croire; et lorsqu'au moment où l'on s'asseyait on vit entrer Jules pâle, les yeux baissés, et, malgré la fermeté de son maintien, agité d'un tremblement qui augmentait à mesure qu'il approchait de la table, on se regarda, on regarda madame de Villiers, en ce moment aussi pâle que son fils. M. de Villiers, profitant de ce moment de silence, dit à son frère, qui était au bout de la table, pour que tout le monde l'entendît :

— Charles, il faut que je me hâte de vous dire, pour l'honneur de Jules, que la peine qu'il subit est une peine volontaire. Une faute à laquelle il avait eu part pouvant avoir des suites funestes pour un autre, Jules, afin de l'en sauver, s'est chargé seul de la punition. Il n'y a pas encore une heure qu'il a eu de nouveau le choix, et qu'il a persisté dans sa résolution.

— Il me semble, dit M. de Blou, que, quelle

que soit la faute, une pareille conduite l'a suffisamment expiée.

— Et même, ajouta madame de Blou, elle mérite à Jules beaucoup d'estime.

— Je le pense aussi, dit M. de Villiers, dont en ce moment, malgré sa fermeté, la voix trahissait un peu les émotions.

— Venez, Jules, dit-il à son fils, venez reprendre votre place, puisque vous l'avez méritée.

Incapable de se mouvoir, comprenant à peine ce qui se passait, Jules demeurait debout à sa place, immobile et tremblant; mais déjà sa mère était accourue vers lui, et cachait dans ses bras les larmes et les sanglots qu'il ne pouvait plus retenir; enfin, le conduisant doucement vers la table, elle passa près de M. de Villiers, qui prit la main de son fils, en lui disant à voix basse :

— Allons, Jules, sois homme tout-à-fait.

Jules alors, tâchant de se rendre maître de lui, retint et serra la main de son père en signe de promesse, puis il la baisa; et lorsque ensuite il leva les yeux sur M. de Villiers, il vit dans les siens une affection qui rouvrit son âme à la joie, où il ne semblait pas qu'elle pût rentrer. En même temps les fils de son oncle et de M. de Blou, tous deux à peu près de son âge, étaient venus le prendre sous les bras pour le conduire comme en triomphe à la place qu'ils lui avaient faite entre eux deux, et où les domestiques s'étaient empressés d'apporter son couvert; car leurs yeux à tous brillaient de plaisir de ce qui venait d'arriver à Jules; et Thibaut, qui l'instant d'auparavant aurait voulu se cacher sous la table, vint se placer, triomphant, derrière la chaise de son jeune maître, regardant si bien l'honneur de Jules comme le sien, qu'il avait oublié tout ce qui pouvait le concerner dans cette affaire.

Jules se sentait heureux; ce qui restait encore des traces de la peine ne servait qu'à lui faire mieux sentir cette douceur des jours à venir qu'allaient embellir le repos de l'âme et la satisfaction de la conscience. Le soir, son père lui dit :

— Jules, aujourd'hui tu as su faire ton devoir, il ne te reste plus qu'à savoir le faire avec résolution.

Jules le lui promit. Cette épreuve de lui-même avait élevé son cœur. Il prit dès ce moment sur Thibaut une autorité plus ferme, et parvint à établir en lui des principes de morale que Thibaut ne pouvait songer à mettre en doute dès qu'ils lui venaient de Jules.

Jules, à dix-huit ans, est entré au service. Thibaut a voulu être soldat dans sa compagnie. Par son dévouement et son intelligence, il lui a sauvé la vie dans la retraite de Russie. Jules ayant ensuite quitté le service pour se marier

Thibaut, arrivé au grade de sergent, a obtenu son congé. Pour ne pas quitter Jules, il est devenu garde dans ses propriétés. Il sera un jour son concierge, et vit déjà avec lui sur ce pied de confiance établie entre deux hommes qui ne se quitteront jamais, parce que l'estime et les services mutuels leur ont donné l'un envers l'autre des obligations qui leur sont également chères.

———

LA ROBE DE TOILE.

Élisabeth, âgée de treize ans, était une jeune fille d'un caractère doux et aimable ; elle avait des dispositions pour tout ce qu'elle aurait voulu faire, mais elle ne se livrait à rien avec zèle et avec suite. Sa santé, qui avait été très-faible dans son enfance, avait empêché qu'on ne l'obligeât à s'occuper ; en sorte qu'elle avait pris l'habitude de l'oisiveté, quoique l'oisiveté l'ennuyât ; mais elle s'était accoutumée à croire que ce qu'elle n'avait pas fait, elle ne pourrait jamais le faire. Elle avait perdu son père, M. d'Artigny, à l'époque où elle venait d'atteindre sa dixième année. Comme il laissait des affaires en fort mauvais état, madame d'Artigny, réduite à une très-grande gêne, avait été obligée d'ôter à Elisabeth tous ses maîtres ; et, accablée elle-même des soins et des embarras que lui donnaient ses affaires, elle n'avait pu suivre comme elle l'aurait voulu l'éducation de sa fille. Ce fut un grand malheur pour Elisabeth, qui commençait à avoir de l'amour-propre, et qui aurait probablement été humiliée de se voir moins avancée que la plupart des jeunes personnes de son âge ; mais elle avait trouvé un prétexte pour se mettre à l'aise : *je ne peux pas*, était sa réponse toutes les fois qu'on lui proposait d'essayer de faire quelque chose toute seule.

Cependant elle sentait son ignorance, et n'aimait pas à la montrer ; aussi était-elle au désespoir quand sa mère, qui cherchait à lui donner de l'émulation, l'obligeait d'aller à de petits concerts que faisaient souvent entre elles de jeunes personnes de son âge, en présence de leurs parents. Elle jouait presque toujours la même sonate, et encore la jouait mal : alors elle s'embrouillait, pleurait, était grondée, se désolait, et n'étudiait pas mieux le lendemain. Comme elle avait négligé même ses leçons de danse lorsqu'elle avait un maître, elle ne pouvait se résoudre à danser qu'en présence de ses compagnes et des personnes auxquelles elle était habituée ; dès qu'il y avait une étrangère dans la chambre, il n'y avait plus moyen de lui faire quitter sa chaise. Le sentiment de son peu de mérite lui donnait une timidité insupportable ; elle croyait toujours que l'on allait se moquer d'elle, et passait sa vie dans un état de malheur perpétuel, sans chercher à en sortir.

Mme d'Artigny, qui habitait en province, fut obligée pour ses affaires de venir à Paris ; elle y amena sa fille. Elisabeth y gagna de n'avoir plus de concerts ; mais laissée souvent seule avec la vieille Geneviève, servante de confiance, mais très-peu amusante, elle s'ennuyait à mourir. Quand elle sortait avec sa mère, c'était un autre chagrin : madame d'Artigny, tous les jours plus gênée, n'avait rien pu donner de neuf à sa fille qu'une robe de toile commune, assez jolie les premiers jours, mais qu'Elisabeth n'avait pas ménagée, selon l'habitude des personnes paresseuses qui ne prennent point garde à ce qu'elles font.

Elisabeth était tellement grandie depuis un an, que le reste de sa garde-robe ne pouvait presque plus lui servir. Mme d'Artigny n'avait pas le temps de la raccommoder ; la vieille Geneviève ne savait que faire la cuisine, blanchir et balayer ; et pour Elisabeth, elle ne croyait pas qu'il fût en son pouvoir d'être jamais bonne à rien.

Un jour que Mme d'Artigny allait passer la soirée chez une de ses amies, où elle croyait qu'il n'y aurait presque personne, en entrant dans l'appartement, elle le trouva rempli de monde : vingt enfants de tous les âges, un salon très-éclairé, des jeunes personnes bien mises, un théâtre préparé pour des marionnettes, un goûter servi dans une autre pièce ; c'était une petite fête. Elisabeth entrait avec sa robe de toile, à laquelle il y avait plusieurs taches et un trou qu'elle avait caché, de peur qu'on ne l'obligeât à le raccommoder. Tout étourdie, elle jette les yeux autour d'elle et ne voit pas une figure de connaissance : c'était la première fois qu'elle était chez cette dame, revenue depuis peu de temps de la campagne. La tête lui tourne, elle perd sa mère, et se trouve au milieu du salon, entourée de personnes qui lui demandent qui elle est, ce qu'elle veut. Il lui serait dans ce moment impossible de répondre : heureusement elle aperçoit sa mère qui la cherchait ; elle court à elle, se presse contre elle, voudrait pouvoir se réfugier sous sa robe.

Elle se remit un peu pendant les marionnettes, et s'amusa même, malgré son chagrin. Mais ensuite les jeunes personnes se séparèrent des enfants plus petits, et passèrent dans une autre pièce pour s'amuser entre elles. Elisabeth fut obligée de les suivre. Elle vit une d'entr'elles, nommée Eugénie, la regarder et dire à demi-voix à une autre : Regardez donc cette demoiselle avec sa robe de toile. Puis toutes les deux se mirent fort impoliment à parler bas et à rire ; ensuite on vint à s'occuper de modes, des choses qu'on avait, ou qu'on aurait bien voulu avoir ; d'une robe assez jolie qu'Eugénie n'osait plus mettre, même pour sortir le matin, parce qu'elle était trouée et tachée. Personne ne songe à Elisabeth, personne ne la regarde, et elle s'imagine que tout cela se dit pour lui reprocher sa robe de toile. La fille de la maison lui a parlé plusieurs fois; mais, n'obtenant aucune réponse, elle l'a laissée de côté. On propose différents jeux; Elisabeth ne veut être de rien; elle s'imagine que le moindre mouvement révèlera ce trou et ces taches, dont l'idée lui donne la fièvre. Après l'avoir pressée quelque temps, on finit par la laisser dans son coin; on se contente de la regarder de temps en temps en haussant les épaules, et de dire quelques petits mots sur les personnes maussades et ennuyeuses. Elisabeth sent à chaque instant son cœur se gonfler. La maîtresse de la maison entre, et reproche aux autres de ne pas s'occuper d'Elisabeth; elles s'excusent sur ce qu'elle les a refusées. Alors elle s'adresse à Elisabeth elle-même; mais lorsque celle-ci veut répondre, des larmes lui échappent. Les jeunes personnes assurent qu'elles ne comprennent rien à ce caprice. On s'approche, on regarde Elisabeth, on s'étonne; elle voudrait être bien loin. Mme d'Artigny arrive : effrayée de l'état de sa fille, elle se hâte de l'emmener, et quand elles sont dehors, elle tâche de la faire expliquer sur le sujet de son chagrin : mais Elisabeth aurait bien de la peine à le dire; elle conjure seulement sa mère de ne plus la mener nulle part. Mme d'Artigny ne veut pas la tourmenter davantage dans un moment où elle lui paraît si agitée; elle lui promet de laisser au moins, à la personne de chez qui elles sortent, le temps d'oublier la scène ridicule qu'a donnée Elisabeth, et que Mme d'Artigny attribue à sa seule timidité.

Elisabeth passa une bien mauvaise nuit, rêvant qu'elle était dans la rue avec une robe toute en lambeaux, et qu'on la montrait au doigt. En s'éveillant, elle apprend que Mme d'Artigny n'a pu refuser pour la semaine d'après une invitation à dîner chez un de leurs parents : elle tombe dans le désespoir. L'idée de reparaître dans le monde avec cette robe de toile à laquelle elle s'imagine devoir toutes ses humiliations, lui cause un chagrin qu'elle ne peut modérer. Dans son agitation, elle veut chercher si, parmi ses vieilles robes, elle n'en aura pas une plus présentable. Elle en prend une qui paraîtrait devoir aller ; mais elle est trop courte de quatre doigts : les manches sont plates, la taille ne joint pas par derrière. Elle en essaie d'autres, c'est encore pis ; elle revient toujours à celle-là. N'y aurait-il donc pas moyen de l'arranger? Mais comment le demander à Mme d'Artigny? Enfin, pour la première fois de sa vie, Elisabeth imagine d'essayer si elle pourra faire quelque chose par elle-même. Elle se souvient que sa cousine Émilie fait ses robes, ce qui lui avait paru jusqu'alors une chose incroyable et impossible. Elle commence à découdre; mais ensuite elle ne sait plus que faire. Sa mère arrive; elle voudrait bien lui cacher son ouvrage; car une personne accoutumée à mériter les reproches, les craint, même quand elle fait une chose raisonnable. Cependant Mme d'Artigny veut savoir ce que c'est, approuve sa fille, lui propose même de l'aider. Elisabeth, enchantée de penser qu'elle aura une robe, se met bien vite à travailler, et s'aperçoit, pour la première fois, que l'ouvrage est une chose très-amusante.

Celui-ci fut un peu long, Elisabeth n'était pas très-habile; mais enfin, au bout de quelques jours, elle eut une robe de perkale, rallongée avec des plis, refaite à la mode, et blanchie par la vieille Geneviève. On ne peut imaginer la joie et le plaisir qu'elle avait trouvés à cette occupation, ni le changement qui s'opéra en elle presque tout d'un coup. Empressée de tenter de nouveaux essais, elle gâta d'abord un peu, prit patience, raccommoda; enfin, en quelques mois, elle parvint à faire tout ce qu'elle voulait, même sans les conseils de sa mère. Dès ce moment, il ne faut plus regarder Elisabeth comme un enfant; c'est une personne qui trouve plaisir à tous ses devoirs. Mme d'Artigny ne voulant pas qu'elle négligeât ses leçons, elle se hâtait de les prendre dès le matin, au lieu de les faire traîner toute la journée; et, comme ce qu'on fait avec zèle se fait toujours mieux, ses progrès dans tous les genres étaient sensibles; sa figure même était changée. Ce n'était plus cette jeune fille, marchant les bras pendants, la tête tantôt sur une épaule, tantôt sur l'autre, se couchant dans tous les fauteuils, et ne sachant quelle posture prendre pour échapper au malaise que lui causait l'ennui; sa démarche était leste et vive, parce que ses pas avaient toujours un but utile; ses yeux étaient animés comme ceux d'une personne qui a toujours quelque chose d'intéressant à faire. A mesure qu'elle avait appris à agir, ses mouvements avaient acquis de la grâce. Le peu d'amis qui venaient chez sa mère étaient enchantés de son air occupé et de l'ordre qu'elle mettait autour d'elle; car elle avait soin, dès que Mme d'Artigny rentrait, de ranger sa robe ouatée et son chapeau, en regardant auparavant s'il n'y avait rien à y refaire : elle entretenait le linge de la maison, ne pouvait plus voir un bout de frange détaché à un rideau, sans le recoudre aussitôt; elle avait même raccommodé, dans un moment de loisir, le grand fauteuil de perse sur lequel s'asseyait sa mère. Mme d'Artigny, qui avait enfin trouvé une aide et une amie dans sa fille, lui laissait l'inspection de mille détails dont elle n'avait pas le temps de s'occuper. Il y avait plus d'un an que ce changement s'était opéré; Elisabeth sortait fort peu, parce qu'elle aimait mieux rester à s'occuper, et que sa mère était trop contente d'elle pour la contrarier. Cependant, un soir madame d'Artigny reçoit une lettre de l'amie chez laquelle Elisabeth avait eu tant de chagrin l'année précédente, et qui, depuis ce temps, avait toujours été à la campagne. C'était le lendemain la fête du village où elle se trouvait; elle mandait à Mme d'Artigny qu'on lui enverrait une voiture de bonne heure, et qu'il fallait qu'elle vînt passer la journée avec sa fille. Elisabeth rougit en pensant à la honte qu'elle avait éprouvée, et dont elle n'était pas encore bien remise; puis il lui vint tout de suite une pensée, c'est que dans ce moment elle n'avait précisément rien de propre que la robe de toile, qu'à la vérité elle venait de remettre à neuf. Geneviève, pour peu qu'on lui en eût dit un mot, eût volontiers passé la nuit à savonner la robe de perkale, car elle aimait à la folie Elisabeth, qu'elle avait vue naître; mais elle avait eu ce jour-là du rhume et un peu de fièvre, et Elisabeth aurait été bien fâchée de la fatiguer. Elle ne fit pas non plus de réflexions à sa mère, qu'elle voyait enchantée de lui procurer ce petit plaisir, et tâcha de prendre son parti. L'habitude de l'occupation rend raisonnable sur tout, parce qu'elle ne laisse le temps de penser qu'à ce qui en vaut la peine; au lieu que les personnes désœuvrées, qui n'ont rien de mieux à faire que de mettre de l'importance aux petites choses, s'exagèrent toujours les chagrins qu'elles ont et les plaisirs qu'elles n'ont pas.

Le lendemain, la voiture arriva à huit heures précises. Elisabeth était prête, et avait même déjà préparé son ouvrage du lendemain. Le temps était superbe. Elisabeth fut enchantée de la route ; mais en arrivant et en entrant dans le jardin, qu'il fallait traverser pour se rendre à la maison, la première personne qu'elle aperçut fut Eugénie qui accourut pour voir la voiture, et qui était suivie de cinq ou six autres jeunes personnes, toutes en blanc. La pauvre Elisabeth songea à sa robe de perkale ; elle aurait pu être mise comme les autres, et c'était un plaisir auquel elle aurait été fort sensible : elle soupira un peu, mais elle ne se sentit pas honteuse. En entrant dans le salon, elle fut étonnée de l'accueil qu'elle reçut des personnes qui s'y trouvaient ; on lui parlait comme à une personne pour qui l'on a une sorte de considération. Les jeunes personnes arrivèrent, vinrent s'asseoir près d'elle ; elles la regardaient avec une attention qui embarrassait Elisabeth ; elle croyait qu'elles pensaient à la scène du goûter. Cependant, comme en devenant raisonnable elle avait pensé qu'il fallait vaincre sa timidité, elle fit un effort pour s'adresser à celle qui était à côté d'elle. La conversation une fois engagée, on lui proposa de descendre dans le jardin. Aussitôt qu'elles y furent, les jeunes personnes se pressèrent autour d'elle.

— Mon Dieu, lui dit Eugénie, est-il vrai que ce soit vous qui tenez le ménage de votre maman?

Elisabeth répond que cela est vrai.

— Est-ce vous aussi, demande une autre, qui avez fait ce joli chapeau?

— Oui.

— Et cette robe?

— Oui.

— Elle est charmante, s'écrie Eugénie. Elisabeth rougit un peu. La robe, il est vrai, était si bien faite, et Elisabeth se tenait si bien, qu'elle lui allait à merveille.

Pendant ce temps, Eugénie, qui avait mis son chapeau à son bras, parce qu'il lui tenait trop chaud, toujours étourdie, le laissa tomber et marcha dessus. La voilà désolée; son chapeau est abîmé; elle n'osera aller dans le village ainsi coiffée. Une de ses compagnes le lui met sur la tête, et toutes, excepté Elisabeth, rient de la figure qu'il lui donne. Eugénie se fâche; Elisabeth, pour l'apaiser, dit qu'elle croit que le chapeau peut se raccommoder. Eugénie passe du chagrin à la joie, et la prie d'y travailler sur-le-champ. On rentre bien vite, on monte dans la chambre des jeunes personnes. Elisabeth se met à l'ouvrage; toutes veulent l'aider; l'une lui tient les ciseaux, l'autre la pelote; une autre coupe la soie, une autre enfile les aiguilles. Elisabeth retourne le tafetas du fond qui était sali, raccommode la passe, refait le nœud; en moins d'une heure, il n'y paraît plus. Eugénie prétend même que le nœud d'Elisabeth est plus joli que celui de la marchande de modes. On descend dans le salon de musique, on joue des sonates à quatre mains, on chante des romances. Elisabeth, sans se faire prier, quoiqu'elle ne pût être bien forte, n'ayant pas de maître, joua un concerto qu'elle avait appris avec soin pour la fête de sa mère. On la comble d'éloges : ses compagnes semblent oublier leurs talents pour songer aux siens. Après le dîner, on va danser dans le village; toutes veulent être le *danseur* d'Elisabeth, surtout Eugénie; enfin on se sépare en s'embrassant, en s'appelant *ma bonne amie*, et en se promettant de s'écrire. Elisabeth était enivrée de joie, et Mme d'Artigny bien heureuse de voir tant de plaisir à sa pauvre Elisabeth, qui menait ordinairement une vie si sérieuse.

Après lui avoir rendu compte de sa journée, Elisabeth ajouta : « Ces demoiselles sont devenues bien aimables depuis l'année passée.

— Et ta robe, dit en riant Mme d'Artigny, est devenue bien jolie; » car Elisabeth, depuis longtemps, lui avait tout conté.

— Mais, dit Elisabeth, en rougissant un peu, je n'avais pas tort d'en être honteuse l'année passée; c'était à Paris, et il y avait tant de monde.

— Suppose que tu te retrouvasses maintenant à Paris avec ce même monde et la même robe, penses-tu que la soirée fût aussi fâcheuse?

— C'est bien différent; à présent, elles me connaissent.

— Mais si elles t'avaient connue l'année dernière, crois-tu qu'elles eussent fait autant de cas de toi qu'à présent, qu'elles eussent toujours voulu danser avec toi, et qu'Eugénie eût trouvé ta robe aussi jolie?

— Je ne le crois pas, dit Elisabeth; et elle rougissait encore, mais ce n'était pas d'une manière désagréable; elle sentait que, si on avait trouvé tout si bien, c'était parce que l'on commençait à avoir de l'estime pour elle : car, on aime à se trouver dans la société des personnes qui se conduisent bien, lorsqu'elles sont modestes et douces, tout en elles fait plaisir, et on les loue de beaucoup de choses qu'on ne regarderait seulement pas dans les autres.

— Crois-tu aussi, reprit Mme d'Artigny, que, si tu te retrouvais à présent avec ta robe de toile au milieu de cinquante personnes parées, cela te rendît aussi malheureuse que l'année passée?

— Non, répondit Elisabeth en hésitant; car

elle sentait bien encore que cela lui ferait un peu de peine.

— Ne crains rien, lui dit en riant sa mère; je ne t'y mènerai pas. Il faut, autant qu'on le peut, éviter de se montrer dans les endroits où l'on ne peut être comme tout le monde, parce qu'il est désagréable de se faire remarquer; mais il faut se conduire de manière que, si l'on nous remarque par hasard, on ait trop de choses à dire de notre bonne conduite pour s'occuper beaucoup de la laideur de notre robe.

Peu de jours après cet entretien, Mme d'Artigny gagna un procès qui lui rendit un peu d'aisance. Elisabeth n'en continua pas moins avec la même activité des occupations toujours très-utiles dans une fortune médiocre. Elle se lia plus particulièrement avec Eugénie, à qui elle apprit à ne se plus moquer des personnes mal mises, et qui, lorsque Elisabeth lui eut rappelé l'histoire du goûter, voulut avoir une robe de toile pareille à la sienne.

AH! SI J'ÉTAIS FÉE!

— Ah! si j'étais fée! disait Angélina en lisant une lettre de ses amies qui lui parlait d'une fête de campagne à laquelle elle comptait aller le lendemain et s'amuser beaucoup.

— Eh bien! que ferais-tu? lui demanda Mme de Lérac, sa mère.

— Je prendrais mon char attelé de colibris, et demain, en deux heures, je serais à la fête.

— Mais tu n'es pas priée.

— Si j'étais fée, je serais bien reçue partout.

— Peut-être que non ; et je ne connais rien de plus désagréable que d'arriver où l'on ne vous veut pas.

Mais ce qui paraissait le plus désagréable à Angélina, c'était d'être contrariée.

— Ah! si j'étais fée! dit-elle encore un instant après, comme j'aurais fini, d'un coup de baguette, ma bande de feston, au lieu d'en avoir encore pour une heure!

— Que ferais-tu pendant cette heure? il n'est pas encore temps d'aller à Tivoli, où ton père t'a promis de te mener ce soir.

— Non; mais je n'aime pas, quand je dois avoir du plaisir, à être obligée de m'occuper de mon ouvrage; j'aimerais mieux penser à Tivoli.

— Oui, aller à la fenêtre pour voir si ton père arrive; revenir de là à la pendule, pour voir si l'heure avance : cela serait, en effet, bien amusant.

Angélina n'était pas en ce moment en train de s'amuser; elle laissait tomber languissamment son ouvrage, bâillait et se plaignait du chaud.

— Tu fais, lui dit sa mère, tout comme si tu étais fée et que ton ouvrage fût fini.

— Oui, mais il ne l'est pas, répondit en baîllant Angélina.

— Et il pourrait fort bien ne pas l'être, dit Mme de Lérac. Enfin, au bout d'un quart d'heure, elle avertit sa fille que l'heure avançait; qu'il fallait qu'elle eût fini son ouvrage avant de sortir; que si son père arrivait et était obligé de l'attendre, il pourrait bien s'impatienter, sortir sans elle, et remettre la partie à un autre jour. Cette idée réveilla Angélina, qui se mit à travailler de toutes ses forces, trouvant que la pendule allait bien vite. L'heure sonna, elle n'avait pas fini.

— Ah! mon Dieu, s'écria-t-elle, comme c'est court une heure! Et elle tremblait de voir arriver son père. Il n'arriva heureusement que comme elle faisait le dernier point, et Angélina toute en nage, mais animée de l'activité qu'elle avait mise à son ouvrage, ne pensait plus à avoir trop chaud.

— Conviens, lui dit sa mère, que si tu avais été fée, l'heure ne serait pas passée si vite. Angélina, en ce moment, ne se serait pas donnée pour toutes les fées du monde. Elle prit ses gants, son chapeau, partit avec ses parents pour Tivoli, où elle s'amusa beaucoup, et elle dit en revenant :

— Si j'étais fée, j'aurais un palais qui ressemblerait à Tivoli ; les jardins en seraient illuminés tous les soirs ; on y verrait du monde de tous les côtés, on y trouverait des glaces dans tous les coins ; il y aurait des gaufres pendues à tous les arbres, des bassins d'eau de groseilles avec des gobelets auprès pour puiser, et je m'y promènerais tous les jours.

— Afin de perdre le plaisir que tu pourrais avoir à t'y promener de temps en temps.

— Tous les jours, maman, ce serait bien mieux.

— Tu vas tous les jours aux Tuileries, qui sont bien plus belles que Tivoli ; tous les jours, à ton dîner, à ton déjeûner, tu manges des choses que tu aimes mieux que les glaces, les gaufres et l'eau de groseilles, et tu n'y penses seulement pas. Il en serait bientôt de même de Tivoli. Tu es bien heureuse de n'être pas fée.

— Maman, ce ne peut pas être une chose heureuse que de ne pouvoir faire ce qu'on désire!

— Encore faudrait-il être bien sûre de le désirer; et Angélina ne put encore comprendre qu'il y a des choses qu'on croit désirer parce qu'un mouvement d'humeur ou de fantaisie vous empêche d'y bien réfléchir, et dont on est extrêmement fâché quand elles arrivent. Elle se coucha et s'endormit. Encore agitée de la soirée, elle rêva beaucoup. Il lui sembla qu'elle était avec Ursule, fille d'une ancienne femme de chambre de sa mère, et qui venait quelquefois jouer avec elle. Il lui sembla encore qu'Ursule la taquinait, la tourmentait; ce qui arrivait bien aussi quelquefois; qu'elle lui arrachait son ouvrage, lui coupait ses livres, battait son chien, ouvrait la cage de son serin pour le faire envoler, et prenait avec cela des airs si moqueurs, si insultants, qu'Angélina, qui ne pouvait les supporter, pleurait de dépit, frappait du pied, aurait voulu la battre; mais Ursule, qui lui paraissait légère comme un oiseau, était d'un saut à l'autre bout de la chambre, où elle lui faisait quelque nouvelle niche. Enfin, dans son désespoir, Angélina s'imagina qu'elle était fée, et désira qu'il parût sur-le-champ un dragon pour emporter Ursule hors de la chambre, lui faire bien peur, et même lui enfoncer un peu ses griffes dans la peau. Elle fit trois tours avec un éventail qu'elle tenait dans la main, et que, dans son rêve, elle prenait pour une baguette; elle chanta une chanson qui lui paraissait nécessaire pour achever le charme, et tout d'un coup elle vit paraître, non pas un dragon, mais la mère d'Ursule qui courait vers sa fille, la main levée pour la battre. Ursule toute pâle, tombe à genoux, les mains jointes et en demandant grâce : du moins Angélina le voyait-elle ainsi dans son rêve. La mère d'Ursule lui paraissait furieuse. Il lui sembla tout d'un coup qu'elle avait à la main un gros bâton, dont elle voulait frapper sa fille. Angélina se jeta au-devant d'elle pour l'en empêcher, mais elle lui échappait, comme Ursule lui avait échappé auparavant, et Angélina la voyait à tout moment près d'atteindre sa fille, qui, de son côté, parcourait la chambre à genoux, en demandant grâce. Enfin il lui sembla qu'elle la prenait par le bras, et levait sur elle le terrible bâton, et Ursule en ce moment avait l'air si malheureux, qu'Angélina désolée se réveilla en sursaut en criant au secours.

Sa mère, qui était déjà levée et qui se trouvait dans la chambre à côté, accourut, et Angélina lui raconta son rêve et tout le chagrin qu'elle avait eu de voir Ursule demander grâce inutilement à sa mère.

— Mais, lui dit Mme de Lérac, tu souhaitais de la voir emporter par un dragon ; c'était bien pis. Peut-être, il est vrai, ne l'aurais-tu pas désiré si tu avais été éveillée.

— Oh! je vous demande pardon, maman : si j'avais été aussi en colère contre Ursule, j'aurais bien pu souhaiter la même chose. Si vous saviez comme elle était insupportable !

— Alors probablement tu n'en aurais pas eu tant de pitié en la voyant poursuivie par sa mère.

— Je vous assure bien que si. Tenez, cela me fait encore de la peine, seulement à penser.

— Et moi, dit Mme de Lérac, sais-tu quel rêve j'ai fait? J'ai rêvé que tu étais grande.

— Ah! maman, cela est presque aussi joli que d'être fée.

— Tu avais des domestiques.

— J'avais des domestiques à moi?

— Oui, mais tu n'en jouissais pas du tout ; car, selon ton habitude de croire que la chose qui te passe par la tête dans le moment est ce que tu désires le plus au monde, tu les envoyais courir pour des choses dont tu te souciais fort peu, et tu ne les avais plus pour celles qui te plaisaient vraiment, ou qui étaient vraiment nécessaires ; de sorte qu'ils étaient harassés le soir, et qu'ils n'avaient pas fait la moitié de leur service.

— J'étais une drôle de personne dans ce temps-là

— A peu près comme à présent, lorsque tu déranges ta bonne, beaucoup trop complaisante, pour te chercher un livre dont tu ne te soucies plus dès que tu l'as trouvé; quand tu l'importunes pour t'enseigner un ouvrage que tu laisses là aussitôt que tu lui as fait perdre son temps pour te l'apprendre; en sorte qu'elle ne peut pas raccommoder la robe dont tu as besoin, et que tu es ensuite désolée de ne pas avoir, ou bien qu'elle est obligée de retarder le moment de ta promenade. Dans mon rêve aussi, je te voyais achever une chose dont tu te croyais extrêmement tentée, et en sortant de la boutique, tu pensais à vingt choses qui t'auraient plu davantage, et tu t'apercevais que celle dont tu avais cru avoir tant d'envie ne te faisait pas, au fond, le moindre plaisir.

— Mais, maman....

— Mais, ma fille, tu penses que pour voir cela je n'avais pas besoin de rêver. Il t'arriva encore autre chose dans mon rêve. Tu fis connaissance avec une jeune personne ou une jeune femme de ton âge, je ne sais lequel des deux; elle te parut charmante, et le premier jour que tu la vis, il te sembla que tu voulais en faire ton amie intime. Tu lui fis toutes les avances possibles, tu l'engageas à négliger ses autres amies pour te voir davantage; enfin tu l'accoutumas à ne rien faire sans toi, à te venir continuellement chercher et à passer avec toi presque toutes ses journées. Quand cela fut ainsi, cela commença à t'ennuyer; tu t'aperçus que tu ne l'aimais pas à beaucoup près autant qu'il le fallait pour te rendre agréables toutes les obligations que tu t'étais imposées envers elle : c'est à peu près ce qui t'arrive quand tu tourmentes la mère d'Ursule pour qu'elle te la laisse toute la journée, et qu'ensuite tu ne sais qu'en faire la moitié du temps. Enfin, comme ton amie t'importunait et te dérangeait souvent, comme tu la contrariais quelquefois, en ne voulant pas faire ce qui lui plaisait, il vous arriva de prendre toutes deux de l'humeur, de vous quereller, et enfin de vous brouiller. Dans le temps où tu croyais l'aimer beaucoup, tu lui avais dit tout ce qui te passait par la tête, tu lui avais laissé voir toutes tes fantaisies et tous tes défauts; en sorte que quand elle fut brouillée avec toi, elle allait partout se moquant de toi, racontant à tout le monde ce que tu avais fait et pensé de ridicule, ce qui te mettait dans des colères terribles; enfin, dans un des moments où tu étais le plus irritée contre elle, tu appris une mauvaise action qu'elle avait faite.

— Quelle mauvaise action, maman?

— Je ne sais, mon enfant; dans mon rêve, je

ne voyais pas tout cela bien clair. Comme il te paraissait en ce moment que tu la haïssais autant que tu avais cru l'aimer, il te sembla que tu étais bien aise de ce qu'elle avait fait quelque chose de mal, et que tu désirais qu'on le sût. Cependant tu ne le disais pas; mais il arriva qu'une fois, dans un moment où tu étais fort en colère, tu entendis dire du bien d'elle d'une manière qui te choqua tellement qu'il te sembla que tu avais un grand désir de diminuer la bonne opinion qu'on avait d'elle, et que tu laissas entrevoir ce que tu savais. On te le nia, on te contraria : il me parut que tu tenais excessivement à ce qu'on le crût; alors tu dis tout ce que tu savais, et en appuyant tellement sur les circonstances qui prouvaient la vérité de la chose, qu'on te crut en effet, et que l'histoire que tu avais racontée se répandit dans tout Paris. On ne parlait pas d'autre chose, et l'on disait que c'était toi qui l'avais racontée. Cela fit tant de tort à ton ancienne amie, que beaucoup de personnes cessèrent de la voir; et sa famille, je crois aussi son mari, furent si irrités contre elle, qu'elle en tomba malade de chagrin. Il me sembla que je te voyais auprès de son lit : elle était pâle et maigre; elle ne te disait rien, mais elle te regardait d'un œil mourant qui me perçait l'âme; et toi, tu cachais ta tête dans tes mains d'un air désespéré. Il y avait auprès d'elle une personne qui lui faisait des reproches qui augmentaient son mal, et j'entendis autour de moi qu'on disait : *c'est Angélina qui a fait tout ce mal-là.*

— En vérité, maman, dit Angélina les larmes aux yeux, je n'en aurais jamais été capable.

— Tu l'as bien été de désirer qu'un dragon emportât Ursule.

— C'était un rêve.

— J'ai rêvé aussi, ma fille, mon rêve est-il plus invraisemblable que le tien?

— Mais, maman, ce n'est point un rêve que vous me racontez là.

Sa mère qui s'était assise sur son lit, l'embrassa en lui disant : J'espère aussi, mon enfant, que ce ne sera pas une prédiction.

— Ah! maman, comment pouvez-vous avoir de pareilles idées!

— Tu te corrigeras, je n'en doute pas; mais si, quand tu seras grande et que tu auras plus de moyens de faire ta volonté, tu conservais cette habitude de tout oublier pour la fantaisie du moment, il en pourrait résulter des choses encore bien plus fâcheuses. Tu ne ferais d'ailleurs jamais ta vraie volonté; car comment faire ce que l'on veut, quand on passe sa vie en fantaisies qui vous en font à chaque instant oublier la moitié? Puis voyant Angélina attristée par ces idées un peu sérieuses pour elle : Lève-toi, lui dit-elle gaiement, et puisque tu as tant d'envie d'être fée, je vais t'apprendre un moyen de le devenir.

— Ah! maman, vous plaisantez.

— Non : tu sais qu'un des grands avantages des fées, c'était de prédire l'avenir.

— Comment le pourrais-je?

— En réfléchissant sur les choses que tu veux faire, tu pourrais en prévoir les suites d'une manière incroyable. Essaie, et tu verras si dans quelque temps on ne te croira pas sorcière.

Angélina se mit à rire; mais dès ce moment, sitôt qu'elle était prête à céder sans réflexion à un de ses mouvements, sa mère lui disait : « Ah! si tu étais fée! » Quand Angélina était de mauvaise humeur, cela l'impatientait; mais cela l'avertissait pourtant que la chose qu'elle allait faire pouvait avoir des suites auxquelles il fallait réfléchir, et elle y réfléchissait malgré elle. Elle en prit insensiblement l'habitude; et la première fois qu'elle s'arrêta d'elle-même au milieu d'une fantaisie, en songeant à ce qui pourrait en résulter, sa mère l'appela la fée prudente.

LA BONNE CONSCIENCE.

Une bande de voleurs s'était introduite secrètement la nuit dans une ville de province; plusieurs maisons avaient été escaladées, des buffets d'argenterie ouverts et vidés, des secrétaires forcés. Les bandits avaient fait leur coup avec tant d'habileté et de bonheur, que, bien que l'on eût entendu quelque bruit, aucun n'avait été surpris. Ils s'étaient adressés précisément aux maisons les plus riches; ils avaient choisi les heures les plus favorables à l'exécution de leur dessein; ils étaient entrés plus tôt chez ceux qui se couchaient de bonne heure, et avaient attendu une heure plus avancée pour s'introduire chez ceux qui se retiraient plus tard. Il était clair qu'on les avait bien instruits, bien dirigés, et qu'on leur avait facilité l'entrée et la sortie de la ville par les fenêtres et les toits de quelques maisons donnant sur les remparts, et où on apercevait les traces de leur passage.

Dans une de ces maisons habitait un charpentier nommé Benoît, sur qui les soupçons se portèrent d'autant plus facilement que Benoît, peu connu dans la ville, où il n'habitait que depuis quelque temps, inspirait d'ailleurs une sorte d'éloignement par sa physionomie assez sombre, ses sourcils noirs et rapprochés, et une longue cicatrice qui lui traversait le visage. Il ne parlait presque pas, même à sa femme, pour qui il était d'ailleurs un bon mari, mais à qui cependant il faisait un peu peur par sa taciturnité, et l'habitude qu'il avait de ne pas aimer à répéter deux fois la même chose; de sorte que les commères du quartier plaignaient beaucoup madame Benoît. Il ne battait point son fils Silvestre, mais il ne souffrait pas qu'on lui désobéît ni lui raisonnât, et quoique Silvestre n'eût que sept ans, il le faisait déjà travailler; et les petits garçons qui voyaient Silvestre, dès qu'il apercevait son père de loin, se sauver bien vite d'avec eux pour aller se remettre à l'ouvrage, avaient peur de Benoît comme de la bête, et l'appelaient le méchant Benoît. Enfin on savait que Benoît avait fait différents métiers, qu'il avait été soldat, qu'il avait beaucoup couru le monde, et devait par conséquent avoir eu beaucoup d'aventures; et il ne racontait jamais d'histoires, d'où l'on concluait qu'il n'en avait pas de bonnes à raconter.

Dès qu'on eut commencé à le soupçonner, on rassembla tous les indices qui pouvaient confirmer tous les soupçons. On remarqua que

Benoît, qui n'allait jamais au cabaret, y avait été la veille du vol, avait bu assez longtemps, et s'était entretenu, d'un air de grande familiarité, avec deux hommes de mauvaise mine qui n'étaient pas de la ville, et que l'on n'y avait plus revus depuis. Un voisin déclara que, s'étant mis par hasard à la fenêtre à onze heures du soir, il avait vu, dans la nuit où le vol avait été fait, la porte de Benoît, qui était toujours fermée à neuf heures, ouverte à moitié, quoiqu'il n'y eût pas de lumière dans la boutique. Enfin on alla examiner l'endroit par où avaient passé les voleurs, et où l'on avait trouvé une cuillère d'argent qu'ils avaient laissée tomber, et l'on vit qu'il correspondait à la fenêtre du grenier de Benoît. On aperçut à cette fenêtre un bout de corde qui avait probablement servi à attacher une échelle ; on distingua même l'endroit où l'échelle avait été posée contre le mur, qu'elle avait un peu dégradé, et l'on vit sur la fenêtre la marque d'un pied d'homme.

D'après tout cela, on arrêta Benoît, et on le mit en prison. Il s'y laissa conduire avec une grande tranquilité, car il était innocent. Mais voici ce qui était arrivé. Un ancien soldat, nommé Trappe, camarade de Benoît, était venu depuis quelque temps s'établir perruquier dans la ville. Il avait autrefois sauvé la vie à Benoît dans une occasion où ils étaient fort pressés par l'ennemi ; de sorte que Benoît l'accueillit amicalement, quoiqu'il n'aimât pas le caractère de Trappe, qui était bavard, hâbleur, et, à ce qu'il croyait, un fripon.

La veille du vol, Trappe vint le trouver, en lui disant que deux de leurs anciens camarades, ayant servi dans le même régiment, passaient par la ville, qu'il fallait qu'il vînt boire bouteille avec eux. Il lui rappela en même temps que c'était l'anniversaire de la bataille où il lui avait sauvé la vie : d'après cela, Benoît ne crut pas pouvoir refuser l'invitation ; il voulut même payer, mais on ne le voulut pas. On tâcha de le faire boire, de le faire causer ; car Trappe et ses deux camarades faisaient partie de la bande qui devait entrer la nuit dans la ville. Ils espéraient obtenir de Benoît quelques renseignements, et voulaient d'ailleurs l'enivrer, pour qu'il n'entendît pas ce qui se passerait dans sa maison, ou fût moins en état de s'y opposer. Cependant Benoît ne parla guère et ne s'enivra pas ; seulement il s'en alla la tête un peu lourde, et dormit plus profondément qu'à l'ordinaire.

Le lendemain matin il s'aperçut que la porte de sa boutique avait été ouverte ; il s'en étonna, car il était sûr de l'avoir fermée. Il monta dans son grenier, en trouva la fenêtre ouverte ; il l'avait aussi fermée. Il s'aperçut qu'on avait dérangé un sac de fèves de la place où il l'avait mis. Benoît n'en dit rien à personne, car il n'avait pas coutume de parler sur les choses avant de les comprendre; mais il réfléchit beaucoup à tout cela. En sortant pour aller à son ouvrage, il trouva tout en rumeur dans la ville : on ne parlait que du vol qui s'était fait pendant la nuit. On rapportait que la veille on avait vu dans les cabarets des hommes suspects; on désignait surtout celui où il avait bu avec Trappe et les deux autres. Bientôt il s'aperçut qu'on commençait à éviter de parler devant lui, et qu'on le regardait d'un mauvais œil. Il se souvint que la veille, Trappe, en sortant du cabaret, l'avait suivi tout en bavardant, une bouteille à la main; qu'il était monté dans la chambre où se trouvaient sa femme et son fils, et les avait forcés en riant à boire deux verres de vin, apparemment pour les enivrer, il se souvint aussi que, s'étant mis à la fenêtre après que Trappe avait été descendu, il s'était étonné de ne pas le voir sortir, et avait cru qu'il était déjà sorti. De tout cela il conclut que Trappe s'était caché dans sa maison, et que c'était lui qui avait ouvert sa fenêtre et sa porte aux voleurs. Il alla le trouver, et lui dit : « C'est toi qui as » ouvert aux voleurs la fenêtre de mon grenier » et la porte de ma boutique. » Trappe voulut avoir l'air de ne pas comprendre, puis il fit semblant de se mettre en colère, mais il était troublé.

« Tu m'as sauvé la vie, lui dit Benoît, je ne te » dénoncerai pas; mais si tu as fait le coup, » va-t'en, et que je ne te voie jamais, ou tu » auras affaire à moi. » Le lendemain matin Trappe disparut. Ce fut ce jour-là que Benoît fut arrêté. On lui demanda si c'était lui qui avait ouvert sa fenêtre et sa porte; il répondit que non. On lui demanda s'il savait qui les avait ouvertes; il répondit qu'il ne le savait pas. En effet, il n'avait aucune certitude que ce fût Trappe. On lui demanda s'il soupçonnait quelqu'un : il répondit que comme on l'avait arrêté sur des soupçons, ses soupçons pourraient en faire arrêter un autre qui ne le mériterait pas plus que lui; qu'ainsi, quand il en aurait, il ne les dirait pas. Enfin il répondit la vérité à toutes les questions, mais sans rien ajouter de plus, et sans dire un mot qui pût inculper Trappe. Après avoir examiné son affaire, comme il n'y avait aucune preuve contre lui, on fut obligé de le mettre en liberté, mais on resta bien persuadé que c'était lui qui avait ouvert aux voleurs; il s'en aperçut à la manière dont on lui annonça qu'il était libre, et aux propos qu'il entendit en traversant la cour. Il n'en parut nullement ému. En rentrant chez lui, après avoir embrassé sa femme qui était transportée de joie de le revoir, il embrassa son fils, et lui dit tranquillement : « Silvestre, tu vas entendre dire partout que, pour avoir été acquitté, je n'en suis pas moins un fripon, et que c'est moi qui ai ouvert aux voleurs; mais ne t'inquiète pas, cela ne durera pas toujours. » Sa femme fut effrayée de ce qu'il disait, mais elle ne voulut pas le croire, et sortit pour recevoir les félicitations de ses voisines. Quelques-unes lui tournèrent le dos sans lui rien dire; d'autres la regardaient d'un air de pitié en haussant les épaules comme pour dire : « La pauvre femme! ce n'est pas sa faute. » D'autres enfin lui déclarèrent ce qu'elles en pensaient. Après avoir dit des injures à trois ou quatre, elle rentra en pleurant, en jetant les hauts cris, et en disant qu'ils ne pouvaient plus demeurer dans la ville, qu'il fallait absolument la quitter. « Si je m'en allais, dit Benoît, il ne » resterait que ma mauvaise réputation. »

« — A quoi te servira d'y rester? lui demande » sa femme.

» — A m'en refaire une bonne.

» — Tu perdras toutes tes pratiques.

» — Non, car je serai le meilleur ouvrier de » la ville.

» — Il y a d'autres bons ouvriers; comment » feras-tu pour être meilleur qu'eux?

» — Quand les choses sont plus difficiles, le » tout est seulement de s'y donner plus de » peine. »

Benoît avait de l'ouvrage qu'on lui avait fait

commencer avant son arrestation ; il fallut bien qu'on le lui laissât achever. Il le fit avec tant de promptitude, tant de perfection et à si bon marché, que ceux pour qui il l'avait fait continuèrent de l'employer, quoiqu'ils n'eussent pas bonne opinion de lui. Il se mit à se lever tous les jours deux heures plus tôt, à se coucher plus tard, à travailler encore plus assiduement que de coutume, en sorte qu'étant moins souvent obligé de prendre des ouvriers, il pouvait se faire payer moins cher, quoiqu'il fournît de meilleur bois et de l'ouvrage mieux fait. Ainsi, non-seulement il conserva ses pratiques, mais il en acquit de nouvelles. Il voyait bien ce que l'on pensait de lui, et avait l'air de ne s'en point inquiéter. S'il voyait que l'on prenait des précautions contre lui, qu'on n'osait le laisser seul dans une chambre, il se contentait de sourire tranquillement sans rien dire ; mais si quelqu'un en passant dans la rue s'avisait de lui tenir un mauvais propos, il le regardait d'un air qui ôtait toute envie de recommencer. Il voyait bien qu'on examinait ses comptes avec une sorte d'inquiétude ; mais il avait soin de les tenir si clairs, si détaillés, de les appuyer de tant de preuves, que l'on finissait quelquefois par lui dire qu'il y en avait plus qu'il n'en fallait. « Non, » disait-il ; je sais bien que vous avez mauvaise » opinion de moi, il faut que vous voyiez clai» rement que je ne vous trompe pas. »

Le feu prit à une maison, et menaçait de gagner la maison voisine. Plusieurs ouvriers avaient essayé de couper la communication; mais ils y avaient renoncé, parce qu'il y avait trop de danger. Benoît arriva à la porte de la maison menacée; il vit que les domestiques n'osaient le laisser entrer sans la permission de leur maître qui ne se trouvait pas là. « Eh! » dit-il en les poussant pour entrer malgré eux, » il s'agit de sauver votre maison; vous verrez » bien après s'il y manque quelque chose. » Il monta seul au haut de la maison que tout le monde avait abandonnée. En traversant une chambre, il vit une montre laissée à la cheminée; il la serra dans sa poche, de peur que d'autres ne la prissent; mais songeant ensuite qu'il pourrait périr dans son entreprise, et que, si on lui trouvait la montre, on le prendrait pour un voleur, il la cacha dans un trou de muraille. Il grimpa à l'endroit d'où s'approchait le feu, s'établit sur la partie qui commençait à s'enflammer, la coupa à coups de hache, interrompit toute communication, et redescendit ensuite. Il rencontra le maître de la maison, et lui montra où il avait mis la montre : « Je l'ai cachée là, » lui dit-il, parce qu'on aurait pu la prendre, et » que vous auriez cru que c'était moi. »

Tant de marques de probité et de franchise, la conduite régulière de Benoît, continuellement exposée aux regards de tout le monde, commençaient à faire impression en sa faveur. Un homme riche vint dans le pays pour y faire de grands bâtiments, qu'il destinait à une manufacture. Il demanda le meilleur charpentier : il était impossible de ne pas lui indiquer Benoît ; il l'employa. Il fut si content de son intelligence, de son zèle, de sa probité, qu'il déclara que Benoît était certainement un tres-honnête homme. Comme c'était un homme important, cela produisit beaucoup d'effet. La réputation de Benoît comme ouvrier s'étendit dans toute la province ; il fut chargé de grandes entreprises; il put même en entreprendre pour son compte de moins considérables. Cela lui donna occasion d'avoir affaire à beaucoup de gens, et tous ceux qui avaient affaire à lui prenaient bonne opinion de son caractère. On ne l'espionnait plus ; cependant on se demandait encore comment sa porte et sa fenêtre s'étaient trouvées ouvertes pour le passage des voleurs. Beaucoup croyaient qu'il le savait. L'homme riche qui l'avait employé pour les bâtiments de sa manufacture, et qui s'intéressait à lui, lui dit un jour qu'il devrait tâcher d'expliquer ce fait : « Cela sera inutile, dit Benoît, quand j'aurai » tout-à-fait établi ma réputation d'honnête » homme. » On finit par ne plus s'occuper de cette aventure, où l'on était sûr qu'il ne pouvait avoir eu part. Un des voleurs fut pris plusieurs mois après dans le pays, et raconta toute l'histoire. On vint en faire compliment à Benoît. « Cela ne m'inquiétait guère, dit-il ; je savais » bien qu'un honnête homme ne pouvait tou» jours passer pour un fripon. »

LE PETIT DOMINIQUE.

Le petit Dominique, né à Fort-Reilly, n'avait encore étudié nulle part, quand, à dix ans, on l'envoya au pays de Galles pour se former et apprendre la grammaire à l'école de M. Owen ap Davies ap Jones. Ce maître avait toute raison de se croire le plus grand homme du pays, car sur sa cheminée était une généalogie bien enfumée, qui le faisait descendre en droite ligne de Noé. De plus, il était proche parent de ce savant étymologiste qui écrivit, sous le règne d'Elisabeth, un in-folio pour prouver que la langue dont s'étaient servis Adam et Ève dans le Paradis terrestre était le gallois pur. C'en était bien assez pour excuser M. Owen ap Jones lorsqu'il semblait oublier parfois qu'un maître d'école n'est qu'un homme; il oubliait aussi quelquefois qu'un enfant n'est qu'un enfant, et cela lui arrivait le plus ordinairement par rapport au petit Dominique.

Tous les matins, le pauvre enfant était fouetté, non pas pour des fautes dans sa conduite, mais pour des fautes de langage, et tous ses camarades se moquaient de lui pour quelques absurdités qui tenaient à son idiôme. Comme il était le seul Irlandais dans cette école, qu'il se trouvait loin de ses parents, il n'avait pas un ami qui partageât son chagrin ou qui prît son parti; il était devenu pour tous un objet de dérision. Il ne pouvait pas dire une phrase qui ne fût une bêtise, réunir deux mots qui ne fussent mal d'accord, ni en articuler un seul qui ne décelât son patois. Cependant, comme il se sentait de l'énergie, le petit Dominique était toujours prêt à faire face à ses ennemis, et à se mesurer même avec les plus grands; il se hasardait même quelquefois, pour se venger de son tyran, à le singer assez plaisamment.

Les fêtes de Pâques approchaient; mais Dominique craignait bien qu'il n'y eût pas de fêtes pour lui. Il avait écrit à sa mère que les petites vacances de Pâques commenceraient le 21 du mois, et lui demandait une prompte réponse; il n'en reçut point.

Il y avait près de deux mois qu'il n'avait entendu parler de sa mère ni d'aucun de ses amis d'Irlande. Les chagrins multipliés commençaient à abattre son courage; il dormait peu, ne mangeait guère et ne jouait plus du tout. Ses camarades continuaient à le regarder comme un être, sinon d'une autre espèce, au moins d'une autre caste.

Le triomphe de M. Owen ap Jones sur le petit Irlandais était complet, car le pauvre enfant avait le cœur presque brisé, quand il lui arriva un nouveau camarade. Quelle différence d'avec les autres ! Edward, fils d'un gentilhomme du voisinage, avait beaucoup de noblesse dans le caractère. Quand il vit combien le pauvre Dominique était persécuté, il le prit sous sa protection ; il se battait pour lui avec les petits Gallois, et, au lieu de se moquer de son jargon irlandais, il se mit à lui apprendre à parler bon anglais. Les deux premières réponses du petit Dominique à Edward firent éclater de rire tous les autres ; mais Edward essaya de le justifier. D'abord lui ayant demandé : Qui est ton père? Dominique avait répondu, en soupirant : « Je n'ai pas de père, je suis orphelin ; je n'ai que ma mère. »

Un jour M. Jones entre dans la classe, une lettre ouverte à la main.

— Foilà une lettre de fotre mère, petit impécile !

Le petit Irlandais s'élance de sa place en jetant sa grammaire, et en sautant plus haut que ni lui ni aucun autre de son école n'avaient encore pu le faire.

— De ma mère ! s'écria-il, est-ce que je la reverrai donc? est-ce que j'irai chez elle à Pâques?

— Il n'y a pas de tanger, dit M. Owen ap Jones : votre mère, en femme sage, et de l'afis de votre dudeur, qu'elle va ébouser, m'égrit qu'elle ne vous fera pas venir en Irlande que vous ne sagiez barfaitement votre crammaire anclaise.

Il n'y eut point de prières capables de l'émouvoir. Dominique ne vit point la lettre écrite à sa mère; mais il en éprouva les conséquences. Elle lui écrivit qu'elle était bien fâchée de ne pouvoir l'envoyer chercher, mais que M. Jones avait rendu de lui un compte bien défavorable, et qu'elle se reprocherait d'interrompre ses études.

Le petit Dominique soupira quand il vit tous ses camarades faire leurs paquets, et versa quelques larmes quand il les vit par la fenêtre monter l'un après l'autre sur leurs chevaux, et s'éloigner en galopant.

— Je n'ai point de maison où je puisse aller, dit-il.

— Si fait, tu en as une, lui dit son ami Edward, et nos chevaux sont à la porte qui nous attendent.

— Pour me mener en Irlande, dit le pauvre enfant tout troublé.

— Eh ! non ; des chevaux ne peuvent te mener en Irlande, dit Edward riant de tout son cœur ; mais tu as une maison en Angleterre. J'ai demandé à mon père qu'il me permît de t'amener avec moi ; mon bon père le veut bien, et il a envoyé des chevaux. Allons, partons.

— Mais M. Jones me laissera-t-il aller?

— Oui, oui. Il n'oserait refuser, car mon père a un bénéfice à sa nomination dont Jones a bien envie, et il ne l'aura pas s'il ne change de manière avec toi.

Le petit Dominique ne put proférer une parole, tant son cœur était plein. Il n'y eut pas d'enfant aussi heureux que lui pendant cette vacance; son âme, que des traitements durs avaient contrainte et glacée, reprit toute son énergie naturelle.

Quelles que fussent ses raisons, on put voir que M. Owen ap Jones, dès ce moment, changea de conduite avec le petit Irlandais : il ne l'appelait plus *impécile*, et un jour il aurait puni un petit Gallois pour l'avoir appelé ainsi, si le petit impécile irlandais n'eût demandé grâce pour lui.

Le petit Dominique avança rapidement dans ses études, et surpassa bientôt tous les autres écoliers, excepté son ami Edward. Son tuteur le mit dans une école plus élevée ; Edward eut un précepteur chez lui : les deux amis furent donc séparés. Ensuite des professions différentes les entraînèrent dans des pays fort éloignés, et ils furent bien des années sans se voir ni entendre parler l'un de l'autre.

Dominique, non plus le petit Dominique, alla dans l'Inde comme secrétaire particulier d'un de nos commandants en chef. Nous n'avons pas su exactement comment il parvint à ce poste, et par quels degrés il s'avança dans le monde : tout ce que nous savons, c'est qu'il se fit connaître fort avantageusement par un écrit très-estimé sur les affaires de l'Inde, que les dépêches du général dont il était le secrétaire étaient bien écrites, et que Dominique O'Reilly, écuyer, revint en Angleterre après plusieurs années d'absence avec une fortune non pas immense, mais conforme à ses désirs. Ses désirs n'étaient point insensés ; son ambition se bornait à retourner dans son pays natal avec une fortune qui le mît à même de vivre indépendant, particulièrement de quelques parents qui n'avaient pas bien agi avec lui. Sa mère n'était plus.

En arrivant à Londres, la première chose qu'il fit fut de lire les papiers irlandais ; il y vit avec une joie inexprimable que la terre d'O'Reilly était à vendre, la même qui avait appartenu à sa famille. Il court aussitôt chez un procureur chargé de cette vente.

Quand ce procureur lui eut déroulé le plan du manoir qu'il connaissait si bien, avec une estimation de cette maison dans laquelle il avait passé les plus heureuses années de son enfance, son cœur fut si touché qu'il fut sur le point de payer plus cher une vieille ruine qu'il n'en aurait coûté pour bâtir une bonne habitation. Le procureur, attaché aux intérêts de son client, saisit ce moment pour lui montrer le plan des écuries et des basses-cours, qui étaient, comme cela arrive quelquefois en Irlande, d'un style beaucoup meilleur que la maison. Notre héros était transporté ; il imaginait des améliorations, des plantations, pendant que le procureur donnait à un clerc quelques ordres relatifs à une autre affaire. Tout-à-coup le nom d'Owen ap Jones frappe son oreille ; il écoute.

— Qu'il attende en bas, dit le procureur ; son argent n'est pas prêt. Quand il laissera pourrir M. Edward en prison...

— Edward ! juste ciel ! en prison ! Quel Edward ?

C'était son ami Edward.

Le procureur lui dit que M. Edward s'était mis dans un grand embarras, parce qu'il s'était chargé des dettes que son père avait faites en exploitant une mine dans le pays de Galles ; qu'aucun des créanciers n'avait refusé de s'arranger, excepté un curé gallois qui devait à M. Edward père son bénéfice, et que c'était M. Owen ap Jones qui avait fait mettre le jeune M. Edward en prison.

— Combien demande ce coquin-là ? il va être payé tout-à-l'heure, s'écria Dominique en jetant à terre le plan d'O'Reilly. Faites-le monter, que je le paye à l'instant.

— Ne ferions-nous pas mieux de finir d'abord notre affaire de la terre d'O'Reilly? dit le procureur.

— Non, Monsieur... Peste de la terre d'O'-Reilly, s'écria-t-il repoussant tous les plans et ramassant les billets qu'il avait commencé à compter pour son acquisition. Je vous demande pardon, Monsieur; si vous saviez bien de quoi il s'agit, vous m'excuseriez. Pourquoi donc ce drôle-là ne monte-t-il pas, que je le paye?

Le procureur, tout stupéfait de cette vivacité irlandaise, n'avait pas encore eu le temps d'ôter sa plume de sa bouche et restait cloué sur son fauteuil. O'Reilly court au haut de l'escalier, et d'une voix de stentor :

— Allons donc, M. Owen ap Jones; venez donc vous faire payer tout de suite, ou vous ne le serez jamais.

Le vieux maître d'école monta tout essoufflé, aussi vite que la goutte et la bière le lui permettaient. Tieu me pénisse, cette voix... commença-t-il à dire.

— Où est votre billet? dit le procureur.

— Il est ici, crasse à Tieu, dit Owen ap Jones, tout interdit, en tirant de sa poche d'abord un mouchoir bleu, puis une vieille grammaire qu'O Reilly fit voler d'un coup de pied à l'autre bout de la chambre.

— Mon pillet est dans la crammaire, dit-il en la ramassant, puis la feuilletant avec son pouce, il en tira enfin la précieuse pièce.

O'Reilly s'en saisit, lut la somme, paya entre les mains du procureur, déchira le timbre, puis, sans s'occuper du vieux Jomes, qu'il ne pouvait prendre sur lui de regarder en face, il enfonça son chapeau et se précipita hors de la chambre. Il fut pourtant obligé de revenir pour demander où il trouverait Edward.

— Au banc du roi, monsieur, dit le procureur. Mais que faut-il que je pense? ajouta-t-il en lui présentant la carte de la terre d'O'Reilly; faut-il que je pense que vous renoncez à cette acquisition? — Oui....., non....., je veux dire qu'il faut que vous pensiez..... que je m'en vais..... répliqua notre héros, sans regarder derrière lui; je m'en vais...; cela est clair.

Arrivé à la prison du banc du roi, il grimpa à la chambre où était détenu Edward. Les portes s'ouvrent; les porte-clefs eux-mêmes semblaient partager l'empressement de notre héros.

— Eh bien! cher Edward, comment cela va-t-il? Je viens te donner un à-compte de ce que je te dois pour mon éducation. Ne me fais point de questions inutiles; hâtons-nous de quitter cette demeure indigne de toi. Notre vieux coquin est payé. Owen ap Jones, tu sais. Quoi! comme il me regarde! Pourrais-tu bien ne pas me reconnaître? Faut-il que je te parle en patois, continua-t-il, prenant l'accent de son enfance, faut-il que le jargon irlandais te rappelle ton petit Dominique?

Quand son ami Edward fut sorti, et que notre héros eut le loisir de s'occuper d'affaires, il retourna chez le procureur pour s'assurer qu'on avait rempli les formalités nécessaires avec M. Owen ap Jomes.

— Monsieur, dit le procureur, le créancier est satisfait; mais je dois vous dire, ajouta-t-il avec un sourire un peu méprisant, que vous autres messieurs Irlandais mettez trop de précipitation dans les affaires. Les affaires, monsieur, doivent être conduites posément pour être bien faites.

— J'irai maintenant aussi posément qu'il vous plaira ; mais quand mon ami était en prison, je pensais que plus tôt je l'en tirerais, mieux ce serait. Maintenant si j'ai fait quelque méprise, montrez-la-moi, je vais la réparer à l'instant.

— A l'instant! Vous êtes bien heureux, monsieur, d'avoir affaire à un homme rare, suivant le préjugé reçu : je veux dire un procureur honnête homme. Voilà une somme assez forte en billets de banque qui vous appartient. Vous avez fait une jolie étourderie ; vous laissiez ici le montant de la sentence au lieu du principal du billet. C'était justement le double de ce qu'il fallait.

— C'était le double de ce qu'il fallait, mais non pas le double de ce que j'aurais voulu faire, pas même la moitié. Au reste, j'ai agi sans étourderie ; car je vous ai jugé un honnête homme, et vous voyez qu'en cela je ne me suis pas trompé. Je pensais bien que vous ne donneriez à Jones que ce qui lui était dû, et mon intention était que le reste demeurât entre vos mains à la disposition de mon ami Edward. Je craignais qu'il ne voulût pas le recevoir de moi : c'est pour cela que je vous l'ai laissé. Tirer mon ami de prison pour l'y laisser rentrer le lendemain, faute de moyens de se tirer d'affaire, eût été une grande étourderie ; mais les Irlandais sont incapables d'en faire de pareilles. Si on leur reproche bien des bévues, il n'en est aucune qu'on puisse reprocher à leur cœur.

L'IMPRÉVOYANCE.

« Non, ma bonne, je vous assure, disait Julie, maman ne le trouvera pas mauvais ; ils sont si pauvres ! » Et en même temps elle versait dans le chapeau d'un pauvre homme, entouré de trois enfants malades, le fond de sa bourse, où il y avait bien douze sous en petite monnaie. C'était le reste de sa pension du mois, qu'elle avait reçue la veille. Le pauvre s'en alla bien content, et Julie enchantée n'écoutait guère les remontrances de sa bonne, qui lui rappelait combien de fois on lui avait recommandé de ne pas se livrer ainsi à ses premiers mouvements, comme elle le faisait toujours sans en considérer les suites, ce qui la mettait souvent dans des situations très-désagréables. En continuant à suivre le boulevard, elles virent plusieurs enfants du peuple s'attrouper autour d'un petit garçon, d'environ quatre ans, qui pleurait. Un gros chien, en traversant le boulevard pour joindre son maître, l'avait presque fait tomber et avait renversé un poêlon de lait qu'il tenait à la main.

Le pauvre petit avait peur d'être grondé par sa mère.

« Il faut, dit tout bas Julie à sa bonne, lui donner de quoi acheter d'autre lait. Je vous en prie, demandez-lui pour combien il y en avait.

— Pour deux sous, répondit le petit garçon qui avait entendu.

— Mais vous n'avez pas d'argent, » dit la bonne. Julie avait compté qu'elle lui prêterait les deux sous, mais la bonne s'y refusa. M. de Jassan, le père de Julie, qui lui voyait du penchant à manquer d'ordre, avait défendu qu'on lui prêtât jamais rien que ce qu'elle pourrait acquitter dans la journée, et la bonne savait bien qu'alors elle ne le pouvait pas, puisqu'elle avait dépensé tout son argent du mois. La bonne s'éloigna donc, et Julie fut forcée de la suivre. Alors les petits garçons se mirent à crier : « Ah! elle veut payer, et elle n'a pas d'argent! » Julie, toute honteuse, affligée d'ailleurs des pleurs de l'enfant, qui redoublaient depuis qu'il avait vu qu'elle ne lui donnait rien, se mit aussi à pleurer; car bien qu'elle eût près de douze ans, par une suite de cette faiblesse qui ne lui permettait pas de résister à aucun de ses mouvements, elle se laissait volontiers aller aux larmes.

Elle les cachait le plus qu'elle pouvait dans son mouchoir, et marchait les yeux baissés, lorsqu'elle entendit murmurer à son oreille une voix bien faible, qui lui dit : « Je relève de maladie, j'ai dépensé tout ce que j'avais, et n'ai rien mangé d'aujourd'hui. » Elle se retourna, et vit une femme si pâle, si maigre, qu'elle avait l'air mourant ; elle s'appuyait contre la barrière du boulevard, parce qu'elle ne pouvait se soutenir, et tenait à la main une feuille de laitue qu'elle avait à demi rongée, faute d'autre nourriture. Pour le coup, le cœur de Julie fut près de se fendre ; elle ne put que répondre en sanglotant : « Je n'ai pas d'argent. » La bonne donna un sou pour son compte, et elles continuèrent leur route. La pauvre femme s'éloigna lentement aussi de son côté, sans doute pour aller acheter du pain, et cette idée consola Julie, qui se consolait aussi facilement qu'elle s'affligeait.

Cependant, en rentrant, elle avait encore les yeux rouges.

Elle rencontra son père, qui lui demanda la cause de son chagrin ; elle lui dit qu'elle venait de n'avoir pu donner au petit garçon et à la pauvre femme.

— Pourquoi, lui dit son père, n'avais-tu pas emporté d'argent ?

Il fallut bien avouer qu'elle avait tout donné au premier pauvre, encore M. de Jassan ne savait-il pas que c'était le reste de la pension.

— Ils étaient si pauvres, ajouta Julie, quel bien leur aurait fait un sou?

— Mais, dit M. de Jassan, crois-tu que tes douze sous aient pourvu à tous leurs besoins?

— Non, assurément.

— Ils ne les auront donc pas empêchés de demander encore l'aumône?

— Oh! non, car j'ai vu ensuite une femme qui leur donnait.

— Ils ont donc ensuite reçu l'aumône comme les autres, et n'en ont pas moins eu tes douze sous, tandis que les autres n'ont rien eu de toi?

Julie en convint; mais ils lui avaient fait tant de pitié!

« Si l'on ne donnait aux pauvres que pour son plaisir, reprit M. de Jassan, on pourrait donner tout ce qu'on a au premier qui se présente, et qu'on a du plaisir à soulager, quitte à s'exposer au chagrin de ne pouvoir plus rien pour ceux qui viendront ensuite. Mais comme c'est aussi un devoir de soulager les malheureux, il faut, en s'occupant de l'un, garder autant qu'on le peut de quoi remplir ce devoir envers les autres; et jusqu'à ce que tu puisses juger quels sont les besoins les plus grands et les plus pressés à satisfaire, ta justice doit consister à partager tes aumônes le plus également que tu pourras. »

M. de Jassan embrassa sa fille, et celle-ci,

contente de n'avoir pas été grondée, monta chez elle, sans beaucoup réfléchir à ce que lui avait dit son père. Ce n'était pourtant pas la première fois qu'il lui arrivait d'éprouver qu'on peut se repentir, même d'une action de bonté, lorsqu'on l'a faite uniquement pour son plaisir et sans consulter la raison ; car, lorsque quelque chose vient détruire le plaisir qu'on y a pris, il n'en reste rien. Ainsi Julie avait deux fois dans la promenade regretté ses douze sous, parce que le chagrin qu'elle avait eu de ne plus trouver rien à donner au petit garçon et la pauvre femme lui avait ôté le plaisir qu'elle avait eu à donner tout son argent au pauvre. C'était toujours de la même manière que Julie gâtait une foule de bons mouvements en s'y livrant avec précipitation, sans songer si elle pourrait ou même si elle voudrait les soutenir ensuite ; car l'inconstance était un résultat naturel de son caractère, Julie ne trouvant jamais de raison pour continuer la chose qu'elle avait commencée, quand une autre lui plaisait davantage. Ainsi, depuis plus d'un mois elle s'occupait de la fête de sa mère, et n'avait pu parvenir à rien finir. D'abord, elle avait entrepris un dessin fort difficile : transportée de l'idée du plaisir qu'auraient ses parents de lui voir exécuter une chose si fort au-dessus de ce qu'elle avait fait jusqu'alors, elle s'y était mise avec une ardeur incroyable, quelque chose qu'eût pu lui dire son maître, qui savait bien qu'elle manquerait de constance pour en venir à bout. Pendant trois jours elle n'avait pensé à autre chose ; et comme le troisième, après avoir dessiné quatre heures le matin, elle voulut encore, malgré les remontrances de sa bonne, travailler à la lumière, elle gâta son ouvrage, en sorte que, lorsqu'il fallut le lendemain le raccommoder, elle se découragea, se dégoûta ; le dessin n'avança plus, et Julie trouva qu'un dessin n'était pas ce qui devait faire le plus de plaisir à sa mère. Mais voyant un jour, chez une de ses amies, un très-joli panier à ouvrage brodé en chenille, comme on lui laissait la libre disposition de son argent, pourvu qu'elle ne fît pas de dettes, elle alla avec sa bonne, en sortant de là, acheter un panier et de la chenille pour tout ce qui lui restait d'argent, et se mit à travailler au panier comme elle avait travaillé au dessin ; mais, à la première fleur, elle s'aperçut qu'il lui manquait une couleur nécessaire à la fleur qu'elle avait entreprise. Elle aurait pu en faire une autre, mais elle ne la savait pas si bien : il aurait fallu l'apprendre et avoir un modèle, et pour cela attendre au surlendemain, qu'elle devait revoir son amie.

Attendre deux jours était une chose impossible à Julie ; elle trouva plus simple de renoncer au panier, et commença à broder un dessus de pelote en mousseline. Mais Julie n'aimait pas à soigner ce qu'elle faisait, en sorte qu'en tirant son coton inégalement et sans précaution, elle éraillait la mousseline : puis, pour réparer, au lieu de s'y prendre doucement, elle tirait encore avec la pointe de son aiguille, soit d'un côté soit d'un autre; enfin elle fit un nœud à son coton, essaya de le défaire, et, au premier essai, imagina qu'elle n'en viendrait pas à bout : elle voulut le passer de force, et emporta le morceau de la mousseline.

Il fallait faire une reprise et une fleur par-dessus; mais c'eût été trop de patience pour Julie : la pelote fut abandonnée pour une bourse verte et or. Elle songea ensuite qu'elle serait plus jolie en lilas et argent; puis le jaune et argent lui donna dans l'œil, jusqu'au moment où elle regarda comme un trait de génie de la faire en couleur de rose et blanc.

De cette manière elle était arrivée à l'avant-veille de la Saint-François. Craignant alors de n'avoir fini aucun de ses ouvrages, elle passa les deux jours qui lui restaient à les reprendre l'un après l'autre, toujours persuadée, dans le premier moment d'ardeur, que celui dont elle commençait à s'occuper ne lui demandait plus que quelques instants; mais rebutée dès qu'elle s'apercevait de la longueur du travail qui lui restait à faire, elle changeait de pensée, et diminuait ainsi à chaque nouvel essai la possibilité de finir, jusqu'à ce qu'enfin, le soir du second jour, guère plus avancée qu'elle ne l'était la veille au matin, et tout à fait désespérée, elle prit le parti de tout laisser là, et tâcha de se persuader que madame de Jassan oublierait sa fête, parce qu'elle ne se la rappelait presque jamais que lorsque ses enfants venaient la lui souhaiter, et que M. de Jassan, fort occupé d'affaires, n'y songeait pas non plus ordinairement. Elle se flatta que comme ce n'était pas le lendemain jour de congé, son petit frère Edouard, qui était en pension, ne viendrait pas ce jour-là, et qu'elle aurait du temps pour penser à ce qu'elle avait à faire.

Cependant elle ne dormit pas d'inquiétude; et le lendemain matin, en attendant que sa mère fût éveillée, elle s'attacha à la fenêtre, tremblant de voir arriver quelqu'un qui rappelât la Saint-François. Le nom de François, le garçon de cuisine, chaque fois qu'il était prononcé, lui donnait un frisson et une sueur froide qui la prenait depuis les pieds jusqu'à la tête. Elle le vit passer avec un bouquet à sa boutonnière, et pensa se trouver mal. Ses angoisses augmentaient à mesure que le moment d'entrer chez sa mère approchait, lorsqu'enfin, s'étant écartée un instant de la fenêtre, elle vit entrer dans sa chambre son petit frère Edouard, avec son habit neuf et un air de joie et de satisfaction. Il avait préparé pour la fête de sa mère un beau thème latin; et, comme il avait obtenu de son maître un congé pour l'apporter le matin, il avait écrit à son père, sans lui rien dire de plus, qu'il le priait de l'envoyer chercher, parce qu'il avait congé. Il apportait tout fier et tout content, son thème qu'il avait écrit d'une belle écriture en fin, sans être rayé, qu'il avait signé *Édouard de Jassan*, et autour duquel il avait fait lui-même des ornements en encre rouge, sans vouloir souffrir que son maître y touchât.

Il dit à sa sœur qu'il venait souhaiter la fête de leur mère, lui montra le bouquet qu'il avait caché dans son chapeau, et puis son thème, dont il lui faisait surtout remarquer les coins, où il avait mis le chiffre de sa mère, de son père, celui de sa sœur et le sien. Julie, tout interdite, écouta d'abord son frère sans rien répondre et puis se mit à pleurer. Elle raconta à Édouard tous ses malheurs, car elle les appelait ainsi; et elle croyait si bien que c'étaient des malheurs, qu'Édouard le crut comme elle. « Mon Dieu, disait-il, en regardant tous ces commencements d'ouvrages que sa sœur lui avait montrés, n'aurais-tu pu finir cela ou cela? »

Mais Julie trouvait des impossibilités à tout, et à chaque objection Édouard disait :

— Qu'allons-nous faire?

— Maman ne pensera plus à sa fête, disait Julie.

Édouard n'en était pas bien sûr, et puis son thême lui tenait au cœur. Julie reprenait :

— Tu le donneras un autre jour; et alors Édouard répondait :

— Qu'allons-nous faire?

Enfin madame de Jassan sonna pour faire descendre ses enfants; alors Julie commença à se désoler d'une telle manière, qu'Édouard, emporté par son bon cœur, lui dit :

— Eh bien! je ne donnerai pas mon thême.

Julie l'embrassa.

« Cependant, Édouard, lui dit-elle, si cela te faisait trop de chagrin? »

Mais Édouard avait promis, et comme il savait déjà que rien n'est plus honteux à un homme que de promettre ce qu'il n'est pas sûr de tenir, quand il avait une fois dit une chose, rien n'était capable de le faire manquer à sa parole.

Ils descendirent.

Le pauvre petit Édouard était tout embarrassé, tant il était peu accoutumé à cacher quelque chose à ses parents. Julie n'était pas plus à son aise. Mme de Jassan demanda à Édouard par quel hasard il avait congé; Julie trouva moyen de détourner la conversation; mais chaque instant pouvait ramener cette question ou quelque autre aussi embarrassante. Julie aurait dû penser qu'il valait cent fois mieux avouer tout simplement ce qui lui était arrivé que de s'exposer à toutes ces angoisses; mais les personnes de son caractère craignent surtout le chagrin du moment, et s'exposent, pour l'éviter, à des chagrins beaucoup plus longs et plus grands.

Cependant ils virent entrer M. Roger. C'était l'ancien gouverneur de M. de Jassan, qui avait donné à Édouard les premières leçons de latin; il l'aimait beaucoup et allait souvent le voir à sa pension. Édouard lui avait montré son thême, dont il avait été fort content. Il venait s'informer du succès qu'avait eu le présent de son petit ami, et apportait à Mme de Jassan un bouquet. Mme de Jassan, toute étonnée d'apprendre que c'était sa fête, regarde involontairement Édouard. Julie s'était sauvée en voyant entrer M. Roger. M. de Jassan, après avoir embrassé sa femme en lui demandant pardon de son oubli, dit à Édouard qui était là tout confus et tremblant :

— Et toi, n'as-tu pas souhaité la fête à ta mère?

— Il l'a apparemment oubliée, dit Mme de Jassan, qui était très-bonne et qui ne voulait pas que sa fête fût un sujet de chagrin pour ses enfants.

— Non pas, non pas, dit M. Roger, il y a fort

bien pensé. J'ai vu le thême qu'il a composé pour vous l'apporter ; il est très-bon.

On regarde Édouard, on le questionne : également incapable de mentir et de trahir sa promesse, il ne répond rien. Il se tenait immobile, comme s'il eût craint de laisser échapper quelque chose ; il regardait la terre, et des larmes roulaient dans ses yeux. Pauvre Édouard ! en ce moment il se trouvait bien malheureux !

Cependant Julie était derrière la porte dont une moitié était ouverte, et où elle était revenue tout doucement pour savoir ce qui se passait. Elle croyait qu'Édouard allait tout dire, et se disposait à se sauver une seconde fois, quand M. de Jassan, mécontent de ce qu'il regardait comme de l'obstination, prit Édouard par le bras, et le mit à la porte de la chambre, en lui disant que, si dans cinq minutes il n'avait pas répondu à ce qu'on lui demandait, il pouvait se préparer à retourner à la pension. Alors ne pouvant plus se contenir, Édouard se mit à sangloter de toute sa force, et Julie, emportée cette fois par un bon mouvement, se jeta au-devant de son père en lui disant :

— Papa ! papa ! ne grondez pas Édouard ; il avait fait quelque chose pour la fête de maman ; et, tirant le papier de sa poche, elle le montra.

« C'est cela même, » dit M. Roger.

Mme de Jassan alla chercher le pauvre Édouard,

qui pleurait encore à la porte, et M. de Jassan lui demanda plus doucement pourquoi il ne l'avait pas donné.

Édouard, incertain, n'osait pas encore répondre, et regardait Julie qui, de son côté, baissait les yeux; enfin embrassant sa mère qui l'avait assis sur ses genoux, Édouard dit :

« Julie avait voulu faire un beau dessin, une belle bourse et d'autres belles choses qu'elle n'a pas pu achever.

— Et c'est pour cela, dit Julie toute confuse, que nous n'avons pas parlé de la fête de maman. »

Alors tout fut expliqué. M. de Jassan embrassa tendrement son fils; M. Roger était enchanté de son bon petit Édouard, et, pendant qu'on faisait raconter à Julie ce qui était arrivé, celui-ci, courant à la chambre de sa sœur, en rapporta le dessin, les quatre bourses, la pelote et le panier. Il croyait ne pouvoir trop multiplier les preuves du zèle et de la bonne volonté de Julie. Madame de Jassan ne put s'empêcher de rire en voyant tout cela; principalement le dessin, commencé par tous les bouts, et où Julie avait fini la moitié d'un nez, le quart d'une oreille, un coin de joue, une boucle de cheveux, etc. Julie, quoique embarrassée, rit aussi en voyant rire sa mère, et alla l'embrasser, ce qu'elle n'avait pas osé faire encore. On ne voulut pas la gronder, il y avait déjà eu bien assez de chagrin pour un jour de fête; mais quand le calme fut rétabli qu'on eut loué Édouard de sa fidélité à tenir sa promesse, en lui disant cependant qu'il ferait bien d'éviter autant qu'il lui serait possible de recevoir des secrets qu'il ne pourrait pas dire à ses parents, M. de Jassan dit à Julie, que pour punition de son inconstance, elle serait condamnée à ne rien entreprendre qu'elle n'eût fini tout ce qu'elle avait commencé pour la fête de sa mère.

Julie, pour ce jour-là, trouva la punition bien douce : mais il n'en fut pas de même les jours suivants; car aussitôt qu'elle formait quelque nouveau projet d'ouvrage, on lui demandait : « La bourse ou la pelote est-elle finie? » On ne les lui laissait pas prendre à son gré, et il fallut que chacun de ces objets fût achevé avant de penser à un autre. Par la suite, toutes les fois qu'elle voulait entreprendre quelque chose, on l'obligeait à y réfléchir; son père ou sa mère lui en faisait voir d'avance les difficultés qu'elle n'aurait aperçues qu'après avoir commencé; et si elle persistait malgré cela, on lui annonçait qu'elle serait obligée de finir ce qu'elle aurait entrepris, ce qui l'effrayait quelquefois assez pour l'empêcher de commencer, et elle prétendait qu'on la dégoûtait de tout.

Cependant elle prit insensiblement l'habitude de ne rien entreprendre sans y avoir réfléchi. On l'obligea aussi à régler ses dépenses, non par mois, mais par semaine, ne lui permettant jamais de dépenser dans une semaine au-delà de la somme convenue; en sorte que si elle voulait faire quelque dépense un peu plus considérable, elle était obligée d'économiser d'avance. Comme elle était très-peu prévoyante, elle eut d'abord plusieurs fois des chagrins fort vifs; mais enfin elle s'accoutuma à l'ordre, si bien que, lorsqu'une chose qu'elle désirait passait ce qu'elle pouvait y mettre raisonnablement, elle ne pensait pas deux minutes de suite à l'avoir, parce qu'elle voyait bien que cela était impossible.

LE PRÉSENT DU JOUR DE NAISSANCE.

« Maman, dit Rosamonde après un long silence, savez-vous à quoi j'ai pensé tout ce temps?

— Non, ma chère; à quoi?

— A quoi, maman? au jour de naissance de ma cousine Bell. Savez-vous quel jour c'est?

— Non, je ne m'en souviens pas.

— Ma chère maman, vous ne vous souvenez pas que c'est le 22 décembre, que c'est après-demain son jour de naissance? Vous rappelez-vous, à présent? Mais jamais vous ne vous souvenez des jours de naissance, maman; c'est à quoi je pensais justement, que vous ne vous souvenez jamais du jour de naissance de ma sœur Laure, ni... ni... ni du mien, maman.

— Que voulez-vous dire, ma chère? Je me souviens parfaitement bien de votre jour de naissance.

— Certainement; mais pourtant vous ne le fêtez pas.

— Qu'entendez-vous par fêter votre jour de naissance ?

— Oh ! maman, vous savez très-bien comme le jour de naissance de Bell est fêté. Premièrement, il y a un grand dîner.

— Eh ! Bell peut-elle manger plus le jour de sa naissance qu'un autre jour ?

— Non, et je ne penserais pas au dîner si ce n'étaient les petits pâtés.

Bell a quantité de jolies choses ; je ne veux pas parler des friandises, mais des jolis joujoux nouveaux qu'on lui donne toujours à son jour de naissance, et chacun boit à sa santé, et elle est si heureuse !

— Mais voyez, Rosamonde, comme vous confondez les choses. Qui la rend heureuse ? Est-ce de ce que chacun boit à sa santé, ou sont-ce les joujoux nouveaux, ou les bons petits pâtés ? Je peux croire aisément qu'elle est heureuse quand elle mange un petit pâté, ou quand elle joue ; mais comment peut-elle être heureuse de ce que chacun boit à sa santé ? »

Rosamonde s'arrêta, puis elle dit qu'elle ne savait pas. « Mais, ajouta-t-elle, les jolis joujoux nouveaux, maman !

— Mais pourquoi les jolis joujoux nouveaux ? les aimez-vous seulement parce qu'ils sont nouveaux ?

— Non pas seulement pour cela ; je n'aime pas

les joujoux seulement parce qu'ils sont nouveaux; mais Bell les aime pour cela, je crois, car cela me fait penser... Vous savez, maman, qu'elle avait un grand tiroir plein de vieux joujoux dont elle ne s'est jamais servie, et elle disait qu'ils n'étaient bons à rien, parce qu'ils étaient vieux; mais je pensais qu'il y en avait plusieurs qui valaient beaucoup mieux que des neufs. Vous allez en juger, maman; je vais vous dire tout ce qu'il y avait dans le tiroir.

— Rosamonde, je vous remercie; pas à présent, je n'ai pas le temps de vous écouter.

— Eh bien, maman, après-demain je puis vous montrer le tiroir : je veux que vous en soyez juge, parce que je suis sûre que j'avais raison. Eh! maman, ajouta Rosamonde, s'arrêtant comme elle sortait de la chambre, me direz-vous. pas à présent, mais quand vous aurez le temps, me direz-vous pourquoi vous ne fêtez jamais mon jour de naissance? pourquoi vous ne mettez pas de différence entre ce jour-là et un autre jour?

— Et vous, Rosamonde, me direz-vous, non pas à présent, mais quand vous aurez le temps d'y penser, me direz-vous pourquoi je mettrais quelque différence entre votre jour de naissance et un autre jour? »

Rosamonde y pensa, mais elle ne pût trouver de raison : d'ailleurs elle se rappela tout-à-coup qu'elle n'avait pas le temps de penser plus longtemps, car elle avait à finir un certain panier à ouvrage qu'elle faisait pour sa cousine Bell, et dont elle voulait lui faire présent à son jour de naissance. L'ouvrage était arrêté, faute de quelque papier en filigrane, et comme sa mère allait sortir, elle lui demanda de la prendre avec elle, afin qu'elle pût en acheter ; sa sœur Laure fut de la partie.

« Ma sœur, dit Rosamonde chemin faisant, qu'avez-vous fait de votre demi-guinée ?

— Je l'ai dans ma poche.

— Ma chère, vous la voulez toujours garder dans votre poche : vous savez que ma marraine, quand elle vous la donna, dit que vous la garderiez plus longtemps que je ne garderais la mienne ; et je sais ce qu'elle pensait, d'après son regard, dans ce moment-là. Je l'ai entendue dire quelque chose à maman.

— Oui, dit Laure en souriant. Elle le dit si bas que je ne pus m'empêcher de l'entendre aussi : elle dit que j'étais une petite avare.

— Mais ne l'avez-vous pas entendue dire que j'étais très-généreuse ? et elle verra qu'elle ne se trompait pas. J'espère qu'elle y sera quand je donnerai mon panier à Bell. Ne sera-t-il pas beau ? il doit y avoir une guirlande de myrte autour de l'anse, vous savez, et un fond glacé, et puis les médaillons.

— Arrêtez-vous ! » interrompit sa sœur, car Rosamonde, anticipant sur la gloire de son panier, parlait et marchait si vite qu'elle avait passé, sans l'apercevoir, la boutique où devait s'acheter le papier de filigrane. Elles retournèrent. La boutique, par hasard, faisait le coin d'une rue, et une des fenêtres donnait sur une ruelle étroite. Une voiture pleine de dames s'arrêta à la porte justement avant qu'elles entrassent : de sorte que personne n'eut le temps d'abord de penser à Rosamonde et à son panier de filigrane ; et elle alla à la fenêtre, où elle vit sa sœur Laure occupée à regarder attentivement quelque chose qui se passait dans la ruelle.

Vis-à-vis la fenêtre, à la porte d'une maison de pauvre apparence, était assise une petite fille qui faisait de la dentelle. Ses fuseaux se mouvaient avec la rapidité de l'éclair ; elle ne levait pas une fois les yeux de dessus son ouvrage.

« N'est-elle pas bien industrieuse ? dit Laure, et bien honnête, » ajouta-t-elle une minute après ; car justement alors passait un boulanger avec un panier de petits pains sur sa tête, et par hasard un des petits pains tomba près de la petite fille : elle le ramassa promptement, elle le regarda comme si elle avait bien faim, puis elle mit de côté son ouvrage, et courut après le boulanger pour le lui rendre.

Tandis qu'elle était partie, un laquais couvert d'une livrée galonnée d'argent, appartenant à la voiture qui était arrêtée à la porte de la boutique, s'amusait avec un de ses camarades ; il aperçut le métier de dentelles qu'elle avait laissé sur une pierre devant la porte. Pour se divertir (car souvent les fainéans font le mal pour se divertir), il prit ce métier et brouilla tous les fuseaux. La petite fille revint hors d'haleine à son ouvrage ; mais quelle fut sa surprise et son chagrin de le trouver gâté ! Elle tordait et détordait, plaçait et déplaçait les fuseaux, tandis que le laquais riait de sa peine. Elle se leva doucement, et allait rentrer dans la maison, quand le laquais galonné d'argent l'arrêta en lui disant insolemment : « Ne bouge pas de là, morveuse !

— Il faut que j'aille trouver ma mère, monsieur, dit l'enfant ; d'ailleurs, vous avez gâté toute ma dentelle, je ne puis rester davantage.

— Ah ! tu ne peux, dit le brutal domestique lui arrachant encore son métier ; je t'apprendrai à te plaindre de moi ! » et il cassa l'un après l'autre tous les fuseaux, les mit dans sa poche, roula le métier dans la boue ; puis il sauta derrière la voiture de sa maîtresse, et disparut dans un instant.

— Pauvre fille ! dit Rosamonde ne pouvant contenir plus longtemps son indignation à la vue de cette injustice : pauvre petite fille ! »

A cet instant la mère de Rosamonde lui dit : « Allons, ma chère, maintenant si vous voulez de ce papier de filigrane, achetez-le.

— Oui, maman, dit Rosamonde ; » et l'idée de ce que sa marraine et sa cousine Bell penseraient de sa générosité revint à son imagination. Tous ses sentiments de pitié furent aussitôt étouffés : elle se contenta d'une dernière exclamation sur *la pauvre petite fille*, et alla dépenser sa demi-guinée pour son panier de filigrane. Pendant ce temps-là, celle qu'elle avait appelée la *petite avare* fit signe à la pauvre fille, et ouvrant la fenêtre, dit en montrant le métier : « Est-il entièrement perdu?

— Tout-à-fait, tout-à-fait. Je ne peux pas, ni ma mère non plus, en acheter un autre, et je ne peux pas faire autre chose pour gagner mon pain. » En disant cela, elle laissa échapper quelques larmes.

« Combien un autre métier coûterait-il? dit Laure.

— Oh! beaucoup, beaucoup.

— Plus que cela? dit Laure montrant sa demi-guinée.

— Oh! non.

— Eh bien! donc, vous pouvez en acheter un autre avec cela, » dit Laure laissant tomber la demi-guinée dans sa main ; et elle ferma la fenêtre avant que l'enfant eût pu trouver des paroles pour la remercier, mais non pas avant qu'elle eût vu dans ses regards la joie et la reconnaissance ; ce qui fit probablement plus de plaisir à Laure que toutes les louanges qu'on aurait pu accorder à sa générosité.

Rosamonde finit son panier assez tard dans la matinée du jour de naissance de sa cousine. La voiture était à la porte. Laure accourut pour l'appeler ; la voix de son père se fit entendre au même instant ; de sorte qu'elle fut obligée de descendre avec son panier seulement à demi enveloppé dans du papier argenté, circonstance qui la déconcerta beaucoup ; car le plaisir de surprendre Bell serait entièrement perdu si la moindre partie du filigrane était aperçue avant qu'il fût temps. Pendant le chemin, Rosamonde tirait son papier d'un côté et de l'autre, et par chacun des quatre coins.

« Cela n'ira jamais, ma chère, dit son père, qui épiait ses opérations ; j'ai peur que vous ne veniez jamais à bout de couvrir avec une feuille de papier une boite deux fois aussi grande qu'elle.

— Ce n'est pas une boîte, mon papa, dit Rosamonde avec un peu d'aigreur, c'est un panier.

— Voyons ce panier, dit-il en le tirant de ses mains malgré sa résistance ; car elle connaissait toute la fragilité des matériaux dont il était fait, et elle tremblait de le voir en pièces dans les mains de son père.

Il saisit l'anse un peu rudement; alors, se levant de son siége, elle s'écria : « Oh! papa! mon papa! vous l'abîmerez certainement, dit-elle avec une véhémence croissante, quand elle vit qu'après avoir mis de côté l'enveloppe de papier argenté, il prenait à pleine main cette anse garnie d'une guirlande de myrte.

« Vraiment, mon papa, vous abîmerez la pauvre anse.

— Mais à quoi donc peut servir la pauvre anse, dit le père, si on ne peut pas la manier? Est-ce là, je vous prie, continua-t-il en faisant tourner le panier autour de son doigt d'une manière assez peu respectueuse, est-ce là ce qui vous a tant occupée toute la semaine? Je vous ai vue toute la semaine dans la colle et les chiffons; je ne pouvais imaginer ce que vous faisiez. C'est donc cela?.....

— Mais oui, papa. Vous pensez donc que j'ai perdu mon temps, parce que ce panier ne peut pas servir? mais il me sert à faire un présent à ma cousine Bell.

— Votre cousine Bell vous aura bien de l'obligation d'un présent qui n'est de nul usage; vous eussiez aussi bien fait de lui donner le vase violet.

— Ah! mon papa, je pensais que vous aviez

oublié cela. Il y a deux ans de cela; je ne suis pas si sotte aujourd'hui : mais je sais bien que Bell aimera ce panier, quoiqu'il ne puisse pas servir.

— Vous pensez donc que Bell est plus sotte aujourd'hui que vous ne l'étiez il y a deux ans? Eh bien, cela peut être vrai; mais comment se fait-il, Rosamonde, qu'aujourd'hui que vous êtes si sage vous soyez amie d'une personne si sotte?

— Moi! mon papa, dit Rosamonde en hésitant, je ne pense pas que je sois beaucoup son amie.

— Je n'ai pas dit beaucoup.

— Bien; mais je ne pense pas que je sois du tout son amie.

— Mais vous avez employé une semaine entière à faire cette chose pour elle.

— Oui, et ma demi-guinée en outre.

— Pourtant vous pensez que c'est une sotte, et vous n'êtes pas du tout son amie, et vous dites que vous savez bien que cette chose-là ne lui sera d'aucun usage.

— Mais, papa, c'est son jour de naissance, et je suis sûre qu'elle attendra quelque chose, et que chacun lui donnera quelque chose.

— Ainsi donc, votre raison pour lui donner quelque chose est qu'elle attend que vous lui donnerez quelque chose; et pouvez-vous, voulez-vous ou devez-vous toujours donner uniquement parce que d'autres attendent, ou parce que quelqu'un donne.

— Toujours!... non, pas toujours.

— Ah! oui, seulement les jours de naissance. »

Rosamonde riant : « Maintenant je vois bien que vous vous moquez de moi; mais je pensais que vous aimiez qu'on fût généreux. Ma marraine dit qu'elle l'aime.

— Et moi aussi, tout autant que votre marraine; mais nous n'avons pas encore entièrement décidé ce que c'est qu'être généreux.

— Quoi! n'est-il pas généreux de faire des présents? dit Rosamonde.

— C'est une question qui demanderait beaucoup de temps pour y répondre. Mais, par exemple, faire présent d'une chose que vous savez ne pouvoir servir à rien à une personne pour laquelle vous n'avez ni amitié ni estime, parce que c'est son jour de naissance, parce que chacun lui donne quelque chose et qu'elle attend quelque chose, et parce que votre marraine dit qu'elle aime qu'on soit généreux, cela me semble à moi, ma chère Rosamonde, puisqu'il faut que je vous le dise, tenir plutôt de la folie que de la générosité. »

Rosamonde baissa les yeux sur le panier et se tut.

« Je suis donc une folle? dit-elle levant enfin les yeux.

— Parce que vous vous êtes trompée une fois, non. Si vous avez assez de bon sens pour voir vos erreurs, et si vous savez ensuite les éviter, vous ne serez jamais une folle. »

Ici la voiture s'arrêta, et Rosamonde se rappela que le panier était découvert.

Maintenant, nous devons faire observer que le père de Rosamonde n'avait pas été trop sévère quand il avait appelé Bell une petite sotte. Dès son enfance on avait flatté ses caprices, et à huit ans elle avait le malheur d'être un enfant gâté. Elle était fainéante, colère, égoïste, tellement que rien ne pouvait la rendre heureuse. Elle s'attendait pourtant à être parfaitement contente le jour de sa naissance. Chacun dans la maison cherchait à lui plaire, et l'on y avait si bien réussi, qu'entre le déjeûner et le dîner elle n'avait crié que six fois. De ces six fois, il y en avait cinq dont personne n'avait pu découvrir la cause; mais la dernière et la plus terrible avait été occasionnée par une robe de mousseline brodée. A l'heure de la toilette, sa femme de chambre la lui apporta en criant : « Voyez, miss, ce que votre maman vous a envoyé pour votre jour de naissance. Voilà un fourreau qui conviendrait à une reine s'il y avait seulement de la dentelle au bout des manches.

— Et pourquoi n'y a-t-il pas de dentelle au

bout des manches? Maman a dit qu'il devait y en avoir.

— Oui, mais on a manqué de parole à madame : quant à la dentelle, elle n'est pas arrivée.

— Pas arrivée, comment! ne savaient-ils pas que c'était mon jour de naissance? Mais à présent je dis que je ne veux pas la porter sans dentelle ; je ne peux pas la porter sans dentelle ; je ne la porterai pas. »

Cependant, comme on ne pouvait pas avoir la dentelle, à la fin Bell se résigna à mettre la robe.

« Allons, miss Bell, essuyez vos yeux, dit la femme qui l'avait élevée ; essuyez vos yeux, et je vous dirai quelque chose qui vous fera plaisir.

— Eh bien! quoi? dit-elle en faisant la moue et sanglotant.

— Mais il ne faut pas que vous disiez que je vous l'ai dit.

— Non ; mais si on me le demande?

— Si on vous le demande, il faut bien que vous disiez la vérité ; ainsi je retiens ma langue, miss.

— Dites, dites ; je ne le dirai pas si on me le demande.

— Eh bien! donc, dit la femme de chambre ; votre cousine Rosamonde est venue, et vous a apporté la plus belle chose que vous ayez jamais vue de votre vie ; mais il ne faut pas que vous le sachiez jusqu'après dîner, parce qu'elle veut vous surprendre ; et madame l'a mise dans son armoire jusqu'après dîner.

— Jusqu'après dîner ! répéta Bell avec impatience ; je ne peux pas attendre jusque-là, il faut que je le voie tout-à-l'heure. »

La femme de chambre refusa plusieurs fois, jusqu'à ce que Bell ayant recommencé ses cris et ses pleurs, cette fille, craignant que sa maîtresse ne se fâchât contre elle si Bell paraissait à dîner avec les yeux rouges, consentit à lui montrer le panier.

« Qu'il est joli ! mais laissez-moi le tenir, dit Bell à la fille qui le tenait hors de sa portée.

— Oh ! non ; il ne faut pas que vous y touchiez ; car si vous le gâtiez, qu'est-ce que je deviendrais ?

— Ce que vous deviendriez ? s'écria l'enfant gâté, qui ne considérait jamais que sa satisfaction du moment ; ce que vous deviendriez ! qu'est-ce que cela signifie ? je ne le gâterai pas, et je veux l'avoir dans mes mains : si vous ne me le donnez pas tout de suite, je dirai que vous me l'avez montré.

— Vous ne l'arracherez pas ?

— Non, non, » dit Bell ; mais elle avait appris de sa femme de chambre à n'avoir aucun égard pour la vérité. Elle saisit brusquement le panier aussitôt qu'il fût à sa portée : dans le débat l'anse et le bord furent arrachés, et un des médaillons enfoncé, avant que la petite furie eût repris son sang-froid. Calmée à cette vue, sa première question fut comment cacher le mal qu'elle avait fait. Avec bien de la peine on replaça l'anse et le bord, le panier fut remis exactement à la même place où il était auparavant, et la femme de chambre recommanda à la petite fille de paraître comme s'il ne fût rien arrivé.

Nous espérons que les enfants et les parents s'arrêteront ici un moment pour faire une seule réflexion : c'est que bien rarement les habitudes de tyrannie, de bassesse et de fausseté que les enfants contractent en vivant avec des domestiques vicieux, s'effacent tout à fait dans le cours de la vie.

Après avoir enfermé le panier, elles quittèrent la chambre, et trouvèrent dans le corridor une pauvre petite qui attendait avec un petit paquet à la main.

« Qu'est-ce que vous demandez? dit la femme de chambre.

— Madame. j'ai apporté la dentelle qu'on a commandée pour la jeune demoiselle.

— Ah! vous l'avez! vous l'avez donc à la fin? dit Bell : pourquoi, je vous prie, ne l'avez-vous pas apportée plus tôt? »

Elle allait répondre, mais la femme de chambre l'interrompit, en disant : « Allons, allons, pas d'excuses; vous êtes une petite paresseuse qui n'êtes bonne à rien. Désappointer miss Bell à son jour de naissance! Mais puisque vous l'avez apportée, voyons-la? » La petite fille donna la dentelle sans répliquer, et la femme de chambre lui dit d'aller à ses affaires et de ne pas attendre qu'on la payât, car sa maîtresse ne pouvait voir personne, parce qu'elle avait beaucoup de monde chez elle.

« Puis-je revenir cette après-midi? » dit la petite fille timidement.

— Dieu me bénisse! répliqua la femme de chambre, comment y a-t-il des gens si pauvres, je m'en étonne! Je voudrais que madame achetât sa dentelle dans un magasin, comme je lui ai dit, et non pas à ces gens-là! Revenir! oui, sûrement; je crois que vous reviendriez bien vingt fois pour deux sous.

Quelque maussadement que cette permission de revenir lui eût été donnée, l'enfant la reçut avec reconnaissance et s'en alla gaiement. Bell tourmenta sa femme de chambre jusqu'à ce qu'elle en eût obtenu que la dentelle, si longtemps attendue, fût cousue à ses manches.

Malheureuse Bell! tout le temps du dîner se passa, et tous les convives étaient si affamés, si occupés ou si stupides, qu'il n'y en eût pas un qui donnât un regard à cette pièce favorite de sa toilette, jusqu'à ce qu'enfin, ne pouvant cacher plus longtemps son impatience, elle se tourna du côté de Laure, qui se trouvait près d'elle, et lui dit : Vous n'avez pas de dentelle à vos manches ; voyez comme la mienne est belle ! n'est-ce pas ? Ne voudriez-vous pas bien que votre maman vous en donnât une pareille ? Mais vous ne pourriez pas en avoir quand elle le voudrait, car celle-ci a été faite exprès pour moi, pour mon jour de naissance, et pour tout au monde on ne pourrait en avoir un morceau de plus.

— Mais la personne qui l'a faite, dit Laure, ne peut-elle plus en faire de semblable ?

— Non, non, non ! » cria Bell ; car elle avait déjà appris de la femme de chambre de sa mère cet orgueil subalterne qui fait cas des choses, non d'après leur agrément ou leur utilité réelle, mais parce que personne ne peut se les procurer.

« Personne ne peut en avoir comme cela, je vous dis, répéta Bell ; il n'y a qu'une personne à Londres qui puisse en faire, et je suis sûre que cette personne n'en voudra pas faire un morceau pour toute autre que pour moi. Maman ne lui en laissera pas faire, si je ne le lui demande pas.

— Très-bien, dit Laure froidement : je n'en ai pas besoin ; il n'est pas nécessaire de vous emporter ainsi : je vous assure que je n'en ai nul besoin.

— Ah ! oui ; vous voudriez pourtant bien en avoir, dit Bell avec beaucoup de colère.

— Non, certainement, dit Laure en souriant.

— Oh ! que si ; vous en avez bien envie dans le fond de votre cœur, mais vous dites que non pour me faire ennuyer, je le sais bien, cria Bell, qu'étouffait sa vanité désappointée. Elle est bien jolie, toujours, et coûte beaucoup d'argent aussi, et personne n'en aura un morceau de pareille pour les yeux de sa tête. »

Laure reçut sans s'émouvoir cette sentence ; Rosamonde sourit, et à son sourire, la rage mal contenue de l'enfant gâté éclata en cris les plus forts qu'elle eût encore fait entendre à son jour de naissance. C'était sa septième attaque.

« Qu'y a-t-il donc, mon chat ? s'écria la mère ; venez me dire ce que c'est. »

Bell courut à sa mère en hurlant ; mais n'expliqua la cause de son chagrin qu'en déchirant la jolie dentelle avec des mouvements frénétiques, et en en jetant les lambeaux dans le sein de sa mère.

« Oh ! la dentelle ! êtes-vous folle, mon enfant ? dit la mère s'emparant de ses deux mains ; votre belle dentelle, mon cœur ! savez-vous ce qu'elle coûte ?

— Je ne me soucie pas de ce qu'elle coûte ; elle n'est pas belle, et je n'en veux point, répliqua Bell en sanglotant, car elle n'est pas belle.

— Elle est très-belle, reprit sa mère; j'ai choisi le modèle moi-même. Qui vous a mis dans la tête de ne pas en vouloir, mon enfant? Est-ce Nancy?

— Non, ce n'est pas Nancy; c'est *elles*, maman, » dit Bell en montrant Laure et Rosamonde.

— Oh! fi! ne montrez pas comme cela au doigt, dit sa mère en abaissant sa main, et ne dites pas *elles*, comme Nancy. Je suis sûre que vous avez mal entendu. Miss Laure, j'en suis sûre, n'a rien voulu dire de pareil.

— Non, madame, je ne me rappelle pas avoir rien dit de pareil, dit Laure doucement.

— Oh! non certainement, dit Rosamonde prenant vivement la défense de sa sœur. Mais il n'y avait ni explication ni défense qui pût se faire entendre; car chacun entourait Bell pour sécher ses larmes, et la consoler du dégât qu'elle avait fait elle-même.

On réussit assez bien pour qu'un quart-d'heure après, les yeux gonflés de la jeune lady fussent revenus dans leur état naturel; et l'affaire ainsi apaisée, la mère, comme pour récompenser sa fille de sa bonne humeur, pria Rosamonde de vouloir bien offrir son charmant présent.

Rosamonde, suivie de toute la compagnie, parmi laquelle, à sa grande satisfaction, se trouvait sa marraine, s'achemina vers le cabinet de toilette.

« Je suis sûre, pensait-elle, que Bell sera bien surprise, et ma marraine verra qu'elle avait raison de me croire généreuse. »

Les portes de l'armoire furent ouvertes avec toute la cérémonie convenable, et le panier de filigrane parut dans toute sa gloire.

« Voilà un charmant cadeau, certainement, dit la marraine ; ma Rosamonde s'entend à faire des présents. » En disant cela, elle prit le panier pour l'offrir à l'admiration de l'assemblée. Hélas ! à peine y avait-elle touché, que la guirlande de myrte et les médaillons se détachèrent ; le panier tomba à terre, et l'anse seule lui resta dans la main.

Ce désastre attira tous les regards. Des exclamations douloureuses se firent entendre sur différents tons. Pour Rosamonde, tout ce qu'elle put dire fut : « Qui peut avoir fait cela? » Bell gardait un morne silence, dans lequel elle s'obstina, au milieu des questions qui furent faites sur le malheureux événement. A la fin on fit venir les domestiques, et, parmi eux, Nancy, femme de chambre et gouvernante de Bell. Elle affecta beaucoup de surprise quand elle vit ce qui était arrivé au panier, et déclara qu'elle ne savait pas ce que c'était ; mais qu'elle avait vu le matin sa maîtresse le placer dans l'armoire bien intact, et que, quant à elle, elle n'y avait pas touché et n'en avait pas même eu l'idée....

« Ni miss Bell non plus, madame; je peux répondre pour elle, car elle ne savait pas qu'il était là : je ne lui ai pas même dit qu'il y eût quelque chose comme cela dans la maison, parce que je savais que miss Rosamonde voulait la surprendre. Ainsi je ne lui ai pas dit le moindre mot.... Vous en ai-je parlé, miss Bell? »

Bell, avec ce regard trompeur qu'elle avait appris de sa femme de chambre, répondit hardiment *non;* mais elle avait saisi la main de Rosamonde, et, à l'instant qu'elle prononça ce mensonge, elle la serra furieusement.

« Pourquoi me serrez-vous la main si fort? dit Rosamonde tout bas; de quoi avez-vous peur?

« Peur! cria Bell se tournant tout en colère : je n'ai peur de rien, je n'ai rien à craindre.

— Je ne dis pas que vous ayez à craindre, dit tout bas Rosamonde; mais seulement...., si par hasard...., vous m'entendez...., je ne m'en fâcherais pas....; seulement dites-le.

— Je dis que ce n'est pas moi! s'écria Bell en fureur. Maman! maman! Nancy! ma cousine Rosamonde ne veut pas me croire, c'est bien dur! c'est bien malhonnête. Je ne le souffrirai pas, je ne le veux pas.

— Ne vous mettez pas en colère, mon cœur,

dit la femme de chambre. — Personne ne vous soupçonne, cher amour, dit sa mère. Elle a trop de sensibilité. Ne criez pas, mon cœur, personne ne vous soupçonne. Mais vous savez bien, continua-t-elle, se tournant vers la femme de chambre, vous savez bien qu'il faut que ce soit quelqu'un qui ait fait cela, et je veux savoir qui c'est. Le charmant présent de miss Rosamonde ne peut pas avoir été maltraité ainsi dans ma maison sans que j'y fasse attention comme je le dois. Je vous assure, Rosamonde, que je suis très-fâchée de cela. »

Rosamonde n'était nullement satisfaite; elle fut prête à trahir sa pensée en disant tout haut : « J'ai été bien bête ! » Elle commença et s'arrêta.

« Madame ! s'écria la femme de chambre tout-à-coup, j'ose dire que je sais qui c'est.

— Qui donc? dit chacun avec empressement.

— Qui? dit Bell tremblante.

— Ne vous rappelez-vous pas, miss, cette petite fille avec la dentelle, que nous vîmes nous observer dans le passage? je suis sûre que c'est elle qui a fait le coup, car elle est restée là seule plus d'une demi-heure ; et aucun autre n'est entré dans le cabinet de toilette de ma maîtresse, à ma connaissance, depuis ce matin. Ces sortes de gens sont si curieux ! Je suis sûre qu'il faut qu'elle y ait mis la main, ajouta la femme de chambre.

— Oh! oui, c'est cela, dit la maîtresse, décidément. Pour votre satisfaction, miss Rosamonde, elle ne remettra plus les pieds chez moi.

— Cela ne me satisferait pas du tout, dit Rosamonde; d'ailleurs, nous ne sommes pas sûres que ce soit elle; et si... » On entendit frapper un seul coup à la porte; c'était la petite fille qui venait pour être payée de sa dentelle.

« Faites-la entrer, dit la maîtresse de la maison; voyons-la tout de suite. »

La femme de chambre, qui craignait que l'innocence de la petite fille ne se montrât, si on l'entendait, hésita; mais sa maîtresse ayant répété son ordre, elle fut forcée d'obéir.

L'enfant entra avec un air de simplicité; mais quand elle vit la chambre pleine de monde, elle fut un peu intimidée. Rosamonde et Laure la regardèrent et se regardèrent l'une l'autre avec surprise; car c'était la même petite fille qu'elles avaient vue faisant de la dentelle. « N'est-ce pas elle? dit tout bas Rosamonde à sa sœur.

— Oui; mais chut! dit Laure, elle ne nous reconnaît pas. Ne disons rien, écoutons ce qu'elle va dire. »

Laure se glissa derrière le reste de la compagnie pendant qu'elle parlait; de sorte que la petite fille ne pouvait la voir.

« Très-bien, dit la mère de Bell, je suis curieuse de voir combien de temps vous aurez l'assurance de conserver ce regard innocent. Avez-vous jamais vu ce panier?

— Oui, madame, dit l'enfant.

— Oui, madame, s'écria la femme de chambre : et qu'avez-vous de plus à dire? Vous ferez mieux d'avouer tout de suite, et peut-être ma maîtresse n'en parlera plus.

— Oui, avouez tout, ajouta Bell avec empressement.

— Avouer quoi, madame? dit la petite fille : je n'ai jamais touché à ce panier, madame.

— Vous n'y avez jamais touché ; mais vous avouez, interrompit la mère de Bell, que vous l'aviez vu auparavant ; et comment, je vous prie, se fait-il que vous l'ayez vu? Il faut que vous ayez ouvert mon armoire.

— Non, madame, certainement, dit la petite fille ; mais j'attendais dans le passage, et cette porte était en partie ouverte ; et (regardant la femme de chambre) vous savez que je ne pouvais pas m'empêcher de le voir.

— Quoi ! vous pouviez le voir au travers des portes de mon armoire? reprit la dame. »

La femme de chambre effrayée tira la petite fille par la manche.

« Répondez-moi, dit la dame : où avez-vous vu ce panier? »

Nancy la tira encore plus fort.

« Madame, je l'ai vu dans ses mains (regardant la femme de chambre), et....

— Bien ; et qu'est-il arrivé après?

— Madame.... (hésitant) miss l'a tiré, et, par malheur, je crois que j'ai vu...., madame...., miss, vous savez bien ce que j'ai vu?

— Je ne sais pas, je ne sais pas ; et quand cela serait, vous n'aviez que faire là ; et maman ne vous croira pas, j'en suis sûre. »

Mais tout le monde le crut, et tous les yeux se fixèrent sur Bell d'une manière qui la remplit de confusion.

« Pourquoi donc me regardez-vous tous comme cela? pourquoi donc cela?... Doit-on me faire honte le jour de ma naissance? s'écria-t-elle dans un accès de colère ; et tout cela pour cette vilenie, » ajouta-t-elle en jetant les restes du panier et regardant Rosamonde avec dépit.

« Bell, Bell! oh! fi! fi! j'en suis honteuse pour vous ; cela est bien malhonnête pour votre cousine, dit la mère, qui était plus choquée du manque de politesse de sa fille que de sa fausseté. Emmenez-la, Nancy, jusqu'à ce qu'elle ait fini de crier, » ajouta-t-elle à sa femme de chambre, qui, en conséquence, emmena son élève.

Pendant cette scène, particulièrement quand elle vit son présent rejeté avec un tel dédain, Rosamonde avait fait des réflexions sur la nature de la vraie générosité. Un sourire de son père, qui était à côté d'elle spectateur muet de la catastrophe du panier de filigrane, avait fait naître ces réflexions : elles n'avaient pas été entièrement dissipées par les compliments de condoléance du reste de la compagnie, ni même par les louanges de sa marraine, qui, pour la consoler, dit : « Bien, ma chère Rosamonde, j'admire votre naturel généreux. Vous savez ce que j'avais prédit, que votre guinée serait partie la première. N'est-il pas vrai, Laure? dit-elle avec l'accent de l'ironie, se tournant du côté où elle pensait qu'était Laure... Où est Laure, je ne la vois pas? »

Laure s'avança.

« Vous êtes trop prudente pour dissiper votre argent comme votre sœur; votre demi-guinée, j'en répondrais, est bien entière dans votre poche, n'est-ce pas?

— Non, madame, » répondit-elle tout bas, mais pas assez pour qu'elle ne fût pas entendue de la pauvre petite ouvrière en dentelle, qui, fixant les yeux pour la première fois sur Laure, reconnut sa bienfaitrice.

« Oh! c'est cette jeune lady! s'écria-t-elle d'un ton qui exprimait sa joie et sa reconnaissance; la bonne, la jeune lady qui m'a donné la demi-guinée, et n'a pas voulu que je la remerciasse; mais je la remercierai à présent.

— Là demi-guinée, Laure ! dit sa marraine, qu'est-ce que c'est que tout ceci ?

— Je vous le dirai, madame, si vous voulez, » dit la petite fille.

Ce n'était pas dans l'espérance d'en être louée que Laure avait été généreuse : en conséquence, chacun fut réellement touché de l'histoire du métier de dentelle ; il se mêlait à leurs louanges une sorte de respect qu'on n'éprouve pas toujours en donnant des éloges : et le mot respect n'est point impropre, même appliqué à un enfant de l'âge de Laure ; car celui-là commande le respect qui le mérite, quel que soit son âge ou sa situation.

« Ah ! madame, dit Rosamonde à sa marraine, vous voyez à présent, vous le voyez, qu'elle n'est pas une petite avare. Je suis bien sûre que ceci vaut mieux que d'avoir dépensé sa demi-guinée pour un panier de filigrane : n'est-il pas vrai, madame ? dit-elle avec une énergie qui montrait que le sentiment de son chagrin cédait à son admiration pour sa sœur. N'est-ce pas, mon père, que c'est là être réellement généreux ?

— Oui, Rosamonde, dit son père en l'embrassant, c'est être réellement généreux. Ce n'est pas seulement en prodiguant notre argent que nous pouvons nous montrer généreux, c'est en donnant aux autres ce que nous aimons nous-mêmes. Il est donc réellement généreux de votre part, ajouta-t-il en souriant, de donner à votre sœur la chose que vous aimez le mieux.

— La chose que j'aime le mieux, papa! dit Rosamonde à moitié contente, à moitié piquée : je ne me doute pas de ce que ce peut être ; est-ce de la louange que vous voulez parler?

— C'est à vous à décider cela, Rosamonde.

— C'était peut-être autrefois, dit-elle ingénuement, la chose que j'aimais le mieux; mais le plaisir que je viens d'éprouver me fait aimer quelque chose davantage.

LA GÉNÉROSITÉ.

Margaretta venait de distribuer presque tous ses joujoux à deux ou trois petites amies qui avaient passé l'après-midi avec elle. Elle s'assit toute contente auprès de sa mère, en lui disant : « Mon Dieu ! maman, que c'est un grand plaisir » d'être généreuse !

» — Qui est-ce qui a été généreuse ? » lui dit madame d'Oisy en souriant. Margaretta rougit en regardant sa mère. « — Est-ce toi ? » continua madame d'Oisy de la même manière.

« Mais, maman, dit Margaretta, qui ne vou- » lait pas répondre directement à la question, » n'est-ce donc pas être généreuse que de don- » ner tout ce qu'on a ?

» — C'est selon. Il faut d'abord qu'on l'ait » donné par véritable bonté de cœur, pour faire » plaisir, et non pas par orgueil, et pour qu'on » dise que vous l'avez donné.

» — Est-ce que c'est de l'orgueil, maman, » que de vous le dire à vous ?

» — Non, mon enfant. Quand tu me parles à

» moi, c'est comme si tu parlais à ta conscience.
» Tu peux me dire ce que tu as fait de bien,
» comme ce que tu as fait de mal, parce que tu
» es sûre que je ne le redirai pas. Je ne t'accuse
» pas d'orgueil; il te reste sans cela bien assez
» de choses à faire pour être généreuse. »

Pendant la fin du discours de sa mère, Margaretta avait tenu les yeux fixés d'un air inquiet sur la petite Azélie, à qui elle avait donné un beau chariot, celui de ses joujoux qu'elle aimait le mieux. Tout d'un coup elle se lève précipitamment, et, courant à elle tout en colère : « Voyez, mademoiselle, il valait bien la peine
» de vous le donner, pour le casser comme cela
» tout de suite! »

La pauvre petite s'excusait, regardait le chariot d'un air tout interdit, disait qu'elle ne l'avait pas fait exprès, assurait qu'il pourrait se raccommoder.

« Joliment! » dit Margaretta en le lui arrachant brusquement des mains, et le retournant de tous côtés d'un air d'humeur ; puis, le rendant comme elle l'avait pris, elle fut se rasseoir auprès de sa mère, en disant : « Cela est fort
» désagréable.

» — Quoi! dit madame d'Oisy; qu'elle ait
» cassé son chariot? Qu'est-ce que cela te fait?

» — Mais, maman, c'est moi qui le lui avais donné.

» — Eh bien! puisque tu le lui avais donné, » il était à elle.

» — Je ne le lui avais pas donné pour qu'elle » le cassât.

» — Ah! tu le lui avais donné à condition » qu'elle n'en ferait pas ce qu'il lui plairait. Il » fallait me dire cela : je ne pouvais pas le » deviner.

» — Mais, maman....

» — Mais, ma fille, je n'entends que ce qu'on » me dit. Tu m'as dit que tu étais généreuse; » alors j'ai cru que, comme les personnes géné- » reuses, tu avais donné tout de bon, sans con- » server de droits sur la chose que tu donnais.

» — Je sais bien, maman, que je n'ai plus de » droits sur ce que je lui ai donné.

» — En ce cas-là, c'est donc sur Azélie que tu » as des droits; car, sans cela, tu n'imaginerais » pas de la gronder d'avoir cassé une chose qui » lui appartient. Si tu lui as donné ce chariot » pour avoir le droit de la gronder quand ce » qu'elle fait te déplaît, en vérité, ce n'est pas là » donner, c'est faire payer, et bien cher, ce n'est » pas être généreuse. »

Margaretta réfléchit quelques moments sur ce que lui avait dit sa mère, puis, allant vers Azélie, elle lui dit tout doucement: « Cela se raccommodera avec un peu de colle. — Oh! oui, » dit Azélie, qui ne demandait pas mieux que de croire que cela pourrait se raccommoder; et Margaretta se remit à jouer avec ses amies, sans parler de ce qu'elle leur avait donné, et elle l'oublia même tout-à-fait. Le soir, quand elle y pensa, elle alla d'un air satisfait embrasser sa mère, à qui elle avait bien envie de dire : « A » présent, j'ai été tout à fait généreuse, » mais elle n'osa pas ; sa mère le vit bien, et ne lui dit rien non plus. Elle savait bien tout ce que sa fille avait encore à faire pour être généreuse.

Margaretta avait avec elle Marianne, la fille de sa bonne, qui avait un an de plus qu'elle. Elle l'aimait beaucoup, lui faisait des présents le plus souvent qu'elle pouvait, et avait soin de les lui faire utiles. Ainsi Margaretta, qui était chargée de payer ses gants sur sa pension, les achetait un peu grands, et tâchait de ne les pas trop salir, pour qu'ils pussent ensuite servir à Marianne. Elle n'usait pas ses souliers jusqu'à la semelle, afin que Marianne pût encore les porter. Elle lui avait fait arranger de son argent un de ses anciens chapeaux de paille, ce qui n'empêchait pas qu'elle ne lui gardât toujours une partie des bonbons qu'elle recevait. Aussi Marianne l'aurait-elle aimée à la folie, si Margaretta n'eût toujours voulu s'en faire obéir. Mais quand elles jouaient ensemble aux *onchets*, Margaretta ne voulait jamais avoir touché; et si Marianne lui disait qu'elle avait vu remuer les *onchets*, alors Margaretta commençait par se mettre en colère, et pour peu que Marianne soutînt son dire, elle jetait tout, disait qu'elle ne voulait plus jouer, ou bien elle emportait et serrait ses *onchets*, en disant que Marianne ne les verrait plus. Quand elle était dans ses moments de gaieté, elle allait faire peur à Marianne par derrière, ou bien lui tirer les cheveux ou secouer sa chaise, quoique Marianne la priât de n'en rien faire ; et quand Marianne se fâchait, Margaretta disait qu'elle n'entendait pas la plaisanterie : mais si l'instant d'après Marianne voulait plaisanter avec elle d'une manière qui ne lui convînt pas, ou que seulement, sans le faire exprès, elle lui accrochât le pied en passant, ou marchât sur sa robe, alors Margaretta, tout de suite en colère, avait plus tôt donné à Marianne une tape ou un coup de pied qu'on n'avait eu le temps de tourner la tête.

Un jour elle avait été si insupportable que Marianne, malgré sa douceur, s'était fâchée tout à fait, et s'en était allée en disant qu'elle ne jouerait plus avec elle. Margaretta avait naturellement trop de raison et un trop bon cœur pour ne pas sentir ses torts ; mais elle ne les sentait qu'après. Presque aussitôt que Marianne fut sortie, elle se mit à chercher dans sa commode ; puis, courant à sa mère, qui de la chambre à côté avait entendu ce qui se passait : « Ma-

» man, lui dit-elle, vous m'avez donné cette » année un fichu de soie neuf; me permettez-» vous de donner à Marianne celui de l'année » passée?

» — Comme tu voudras, mon enfant; mais, à » ta place, je ne le lui donnerais pas.

» — Pourquoi donc, maman? je n'en ai pas » grand besoin, et cela fera plaisir à Marianne.

» — Oui; mais ce plaisir-là sera suivi d'un si » grand chagrin, que, si tu étais généreuse, tu » le lui épargnerais.

» — Mais quel chagrin peut donc faire à Ma-» rianne mon fichu de soie? » dit Margaretta, prête à pleurer de ce qu'on s'opposait à sa bonne volonté.

« — Sûrement elle aura beaucoup de plaisir » en le recevant : mais, précisément à cause de » cela, elle sera si reconnaissante, elle sera si » fâchée de l'idée de te faire de la peine, qu'il lui » sera bien dur ensuite de te voir à chaque ins-» tant te mettre en colère contre elle, de s'enten-» dre dire qu'*elle t'ennuie*, qu'*elle est bête*, et cent » choses pareilles.

» — Mais, maman, elle vient aussi m'impa-» tienter.

» — Eh! vraiment! je le sais bien; c'est pour-» quoi je te conseille de ne pas t'exposer à man-» quer de générosité comme tu le fais sans cesse » en maltraitant une personne qui n'ose te le

» rendre, parce qu'elle t'a des obligations. Si » j'étais toi, je ne lui donnerais plus rien.

» — Maman, vous vous moquez de moi.

» — Non, mon enfant; je t'avertis seulement » qu'il n'y a rien de si contraire à la générosité, » quand on ne veut rien supporter des autres, » que de les obliger à tout supporter de vous.

» — Je pense, maman, dit Margaretta après » y avoir un peu réfléchi, que le meilleur moyen » de ne pas m'impatienter si souvent contre » Marianne, c'est de lui donner le fichu. En le » lui voyant, je me souviendrai qu'il faut être » plus douce avec elle.

» — Cela pourrait bien être; mais je ne sais » comment tu feras pour le lui donner.

» — Qui m'en empêcherait donc?

» — Marianne est fâchée contre toi. Tu sais » bien que si, dans le moment où tu es fâchée » contre elle, elle venait t'apporter un présent, » tu le lui jetterais au nez, en disant que tu n'en » veux pas. Elle n'osera sûrement pas en faire » autant; mais ce sera peut-être un effort très- » désagréable pour elle d'accepter le fichu, ou » du moins il lui fera très-peu de plaisir. C'est » un grand obstacle à la générosité que de n'a- » voir pas su ménager les gens à qui on veut » ensuite rendre service.

» — Comment donc faire? » s'écria Margaretta, cette fois avec les larmes aux yeux.

« — Je n'en sais rien, dit sa mère ; penses-y. »

Elles étaient depuis quelques instants dans le silence, Margaretta regardant tristement le fichu qu'elle tenait toujours à la main, lorsque Marianne rentra dans la chambre. Margaretta le cacha bien vite sur les genoux de sa mère, puis s'approcha de Marianne d'un air moitié honteux, moitié riant : « Marianne, lui dit-elle, es-tu » encore fâchée ? »

Marianne boudait toujours un peu et n'avait pas trop envie de répondre. Margaretta lui jette ses bras au cou, en lui disant : « N'est-ce pas, » ma petite Marianne, que tu veux bien encore » jouer avec moi ? » Marianne fut si étonnée et si touchée de l'action de Margaretta, qui n'avait pas coutume de réparer ses torts d'une manière si aimable, qu'elle cessa sur-le-champ d'être fâchée, et dit qu'elle allait jouer. Alors Margaretta, courant chercher le fichu sur les genoux de sa mère, le donna à Marianne, en lui disant : « Tiens, Marianne, voilà un fichu » que maman m'a permis de te donner. » Marianne rougit de plaisir ; les yeux de Margaretta brillaient de joie, et madame d'Oisy, très-contente de sa fille, l'appela d'un signe, et la baisa au front en lui disant bien bas pour que Marianne ne l'entendît pas : « Courage, mon en- » fant ; voilà un pas vers la générosité. »

Madame d'Oisy était extrêmement bonne

pour Margaretta, en sorte que celle-ci avait un grand désir de lui faire plaisir ; et toutes les fois que son caractère ne l'emportait pas à quelque impatience ou à quelque désobéissance, madame d'Oisy avait tout lieu de se louer de son application et de son zèle au travail. Comme elle apprenait l'anglais, elle imagina de traduire à elle toute seule une histoire assez longue qu'elle avait trouvée dans sa grammaire, et la donna un jour, bien écrite, sans contre-sens et sans fautes d'orthographe, à sa mère, qui fut enchantée, parce qu'elle ne lui avait encore fait traduire que de petites phrases, pour lesquelles même elle l'aidait toujours. Après avoir témoigné à sa fille toute la satisfaction qu'elle recevait de cette preuve de sa bonne volonté et de ses progrès, madame d'Oisy lui dit : « Margaretta, voilà une belle occasion de montrer ta » générosité.

» — Quoi! maman, est-ce que je pourrais être » généreuse avec vous?

» — Tu m'as donné un grand plaisir, c'est de » toi qu'il dépend de ne pas me l'ôter.

» — Oh! maman, non, sûrement, je ne vous » l'ôterai pas.

» — Tu me l'ôterais si tu n'étais pas raison» nable aujourd'hui, et cela sans que je pusse » t'en empêcher ; car j'avoue que je n'aurais pas » le courage de te gronder. Vois, ma fille, ajouta-

» t-elle en souriant, me voilà en ton pouvoir ;
» c'est à toi de savoir comment tu veux en user. »

Margaretta sourit aussi de cette idée, elle alla sur-le-champ se mettre à son ouvrage, et fut tout le reste du jour d'une sagesse exemplaire. Seulement, sa journée avait été si bonne, que le soir elle était fort en train de s'amuser, et que lorsque sa mère voulut l'envoyer coucher, elle résista un peu. « Songe, Margaretta,
» lui dit madame d'Oisy, qu'aujourd'hui je
» n'aurai pas le courage de me fâcher. » Margaretta, vivement contrariée, dit d'un ton d'impatience : « Mon Dieu ! que cela est donc difficile
» d'être généreuse !

» — Je ne t'ai pas dit que cela fût aisé, reprit
» froidement madame d'Oisy, et je ne t'oblige
» pas de l'être. Désobéis-moi si tu veux.

» — Ah ! maman, dit Margaretta, vous voyez
» bien que je ne suis pas la maîtresse ; car vous
» voilà tout d'un coup l'air sérieux.

» — Moi, qui ne me suis pas engagée à être
» généreuse, dit en souriant madame d'Oisy, je
» n'ai pas eu la force de te cacher que tu me fai-
» sais de la peine. » Margaretta s'alla coucher ; elle voyait bien que c'était pour lui faire plaisir que sa mère lui avait parlé de générosité ; mais elle comprit cependant qu'une personne vraiment généreuse ne doit jamais abuser de la bonté et de la complaisance de ceux qui l'aiment.

Cependant elle ne savait pas tout encore. Un jour qu'elle s'impatientait de ce qu'une de ses amies l'avait priée d'achever quelques rangées de tapisserie à un ouvrage qui l'ennuyait, et que tout en le faisant elle se promettait bien de lui dire qu'une autre fois elle aurait la bonté de faire son ouvrage elle-même : « En ce cas, lui » dit sa mère, ne le fais pas ; car, quand il sera » fait, tu seras obligée de lui cacher l'ennui » qu'il t'a donné.

» — Eh ! pourquoi donc, maman?

» — Ecoute, mon enfant, que je te raconte » une histoire. J'ai connu une femme qui avait » été riche et qui était devenue pauvre. Dans le » temps où elle avait commencé à être pauvre, » sa femme de chambre Catherine lui avait prêté » tout l'argent qu'elle avait amassé à son service. » La maîtresse croyait qu'elle pourrait le lui » rendre ; mais cela ne fut pas possible, et même » elle se trouva réduite à n'avoir plus du tout de » quoi vivre. Alors Catherine se mit à travailler » pour elle. Elle quittait à peine son ouvrage » pour manger; et quand sa maîtresse s'affli- » geait de la voir se fatiguer ainsi, elle disait » que l'ouvrage était la seule chose qui lui fît » plaisir, et que quand madame était riche, elle » s'ennuyait de n'avoir pas assez de choses à » faire. Catherine s'était faite couturière : sa » maîtresse voulait l'aider ; mais dans les com-

» mencements surtout, comme elle n'était pas
» bien accoutumée à l'ouvrage, elle faisait sou-
» vent des fautes, cousait à l'envers ce que
» Catherine lui disait de coudre à l'endroit, ou
» bien posait une manche le coude en dedans,
» ou bien un lé la pointe en bas. Lorsque Cathe-
» rine s'en apercevait, elle ne disait rien, mais
» elle le défaisait et le raccommodait la nuit,
» pour que sa maîtresse n'eût pas le chagrin de
» voir que tandis que Catherine travaillait pour
» elle, elle la retardait au lieu de l'avancer. La
» maîtresse tomba malade; elle avait des fantai-
» sies, elle les cachait tant qu'elle pouvait; mais
» Catherine, qui connaissait sa maîtresse, les
» devinait et n'épargnait rien pour lui procurer
» ce qu'elle désirait. Tantôt elle travaillait deux
» heures de plus dans la nuit pour gagner plus
» d'argent, afin d'acheter ce qui était nécessaire,
» et ne disait pas le prix que cela avait coûté; ou
» s'il fallait aller bien loin pour le chercher, elle
» se dépêchait tant, que sa maîtresse, qui ne
» connaissait pas les chemins, croyait que c'était
» bien près, et qu'elle n'a jamais su la moitié
» de ce que Catherine faisait pour elle.

» — Ah! maman!

» — Ce n'était pas tout. La maîtresse avait un
» petit garçon qu'elle avait assez mal élevé.
» Comme il s'ennuyait de ne pas sortir, et de
» n'avoir pas pour jouer avec lui d'autres petits

» garçons de son âge, il avait souvent de l'hu-
» meur et battait ou pinçait quelquefois très-
» fort Victoire, la fille de Catherine, qui avait
» cependant trois ou quatre ans de plus que lui,
» mais qui, justement à cause de cela, et parce
» qu'elle l'avait vu tout petit, ne le lui rendait
» pas. Mais comme il devenait plus fort, il lui
» faisait mal : elle allait tout en larmes se plain-
» dre à sa mère, qui la prenait sur ses genoux,
» tâchait de la consoler, de cacher ses pleurs, et
» lui disait : Tais-toi ; si madame savait que
» son fils t'a battue, elle en serait si fâchée ! Elle
» lui disait encore : Tâche de bien vivre avec
» lui ; car, vois-tu, il ne peut pas vivre ailleurs.
» Et elle avait tant fait que Victoire supportait
» tout du petit garçon parce qu'il avait besoin
» d'elle. Que penses-tu de cela, ma fille?

» — Oh ! maman, que je voudrais bien con-
» naître Catherine et Victoire ! » En ce moment une femme proprement mise et d'une figure agréable et douce entra dans la chambre. Elle avait avec elle une jeune fille d'environ quatorze ans, qui avait l'air très-raisonnable. « Eh ! c'est
» vous, Catherine? » dit madame d'Oisy. A ce nom, Margaretta tressaille, regarde sa mère, qui lui fait signe qu'elle ne se trompe pas. Elle n'ose dire un mot ; mais elle regarde Catherine, elle rougit, et le cœur lui bat bien fort.

« Vous voilà donc à Paris? dit madame d'Oisy

» à Catherine en la faisant asseoir. Vos affaires
» sont-elles finies?

» — Madame est rentrée en possession de sa
» petite ferme, répond Catherine, nous y sommes
» mes bien arrangées; les affaires vont mieux,
» Dieu merci, et nous venons mettre M. Charles
» en pension.

» — Est-il toujours méchant, Victoire, de-
» manda madame d'Oisy à la jeune fille, et vous
» toujours patiente?

» — Oh! madame, dit Victoire, M. Charles n'a
» jamais été méchant. D'ailleurs, il faut bien
» supporter quelque chose des enfants. »

Après avoir causé quelque temps, Catherine dit : « Il faut que je m'en aille : madame est
» seule, elle s'impatienterait. » Margaretta fut bien contente et bien embarrassée quand sa mère lui dit d'embrasser Victoire, qui lui paraissait une personne si respectable. Elle la suivit des yeux sur l'escalier, se mit à la fenêtre pour la voir plus longtemps, puis revint à sa mère le cœur tout gros de plaisir d'avoir vu Catherine et Victoire. Au bout d'un instant, elle lui dit :

« Maman, Catherine a dit qu'elle s'en allait
» pour ne pas impatienter sa maîtresse; est-ce
» que sa maîtresse s'impatiente encore quelque-
» fois contre elle?

» — Sa maîtresse a une très-mauvaise santé;
» elle a eu beaucoup de malheurs, qu'elle n'a-

» vait pas été élevée à supporter : il est possible » qu'elle ne soit pas toujours raisonnable ; et » Catherine, qui a tant fait pour elle, pense qu'elle » doit bien plus qu'un autre éviter de l'impa- » tienter.

» — Maman, dit encore Margaretta après » quelques minutes de réflexion, on m'avait tou- » jours dit qu'il fallait oublier le bien qu'on avait » fait ; on est cependant obligé de s'en souvenir » pour être meilleur avec ceux qui vous ont des » obligations.

» — L'important, mon enfant, c'est de ne les » en pas faire souvenir. Quant à soi, on peut y » songer : mais les personnes généreuses n'ont » pas besoin de cela ; elles sont si naturellement » portées à faire plaisir aux autres, à les suppor- » ter avec patience, à s'oublier pour eux, qu'elles » se conduisent à peu près avec tout le monde » comme avec ceux à qui elles ont fait du bien.

» — C'est donc une bien grande vertu que la » générosité ?

» — Oui, mon enfant, car elle donne presque » toutes les autres.

» — Maman, dit Margaretta en embrassant sa » mère, je veux tâcher d'être généreuse. »

L'ARBRE ET LA FORÊT.

« — Les beaux arbres ! » disait M. d'Ambly en passant le long d'une belle forêt de chênes.

« — Le bel incendie que cela ferait ! » répondit son fils Eugène.

Eugène avait lu, deux jours auparavant, dans un voyage, la description d'un incendie de forêt, et ne rêvait plus autre chose. Il aimait tout ce qui était extraordinaire, tout ce qui produisait de l'effet, du mouvement, et, comme les enfants, il ne portait guère ses idées au-delà de ce qu'il voyait.

« Si cela pouvait ne coûter rien à personne,
» reprit-il, je voudrais que le feu prît par hasard
» à cette forêt ; cela serait superbe. Je suis sûr,
» papa, que cela nous éclairerait parfaitement
» jusque dans le château.

» — Ce serait donc quelque chose de bien
» agréable que de voir brûler un arbre ?

» — Oh ! un arbre, dit Eugène, cela n'en vau-
» drait pas trop la peine ; mais une forêt, c'est
» là ce qui serait beau.

» — Puisque nous sommes en train de brûler, » dit M. d'Ambly, je pense que je ne ferai pas » mal de faire abattre et mettre au feu ce jeune » tilleul qui est au bout du gazon, devant le » château ; il grandit trop vite : pour peu qu'il » s'étende encore, il masquera tout à fait la vue.

» — Oh ! papa, s'écria Eugène tout chagrin, » ce tilleul qui est devenu si beau depuis l'année » dernière ! Je le regardais l'autre jour d'en bas, » et je voyais des pousses de cette année qui » étaient longues comme mon bras. »

En ce moment, ils arrivèrent auprès d'un jeune peuplier qu'un orage avait abattu la veille. Son feuillage n'était pas encore flétri, mais ses jeunes pousses, en conservant leur verdure, commençaient à perdre leur vigueur; elles tombaient molles et faibles, comme quand la sécheresse les abat; mais on sait alors qu'un peu d'eau va leur rendre leur force et leur fraîcheur, au lieu qu'ici rien ne pouvait ranimer cette vie qu'on voyait encore presque toute entière, sans avoir aucun moyen de la retenir. Eugène s'arrêta devant le peuplier et le plaignit.

« Voilà, dit M. d'Ambly, comme sera dans » deux jours notre tilleul.

» — Ah ! s'écria Eugène, pouvez-vous avoir » le cœur de penser à cela ?

» — Pourquoi pas ? Un tilleul n'est pas plus » précieux qu'un peuplier, pas plus précieux

» qu'un chêne; et toi, tu voudrais voir brûler
» toute cette forêt.

» — En vérité, papa, ce n'est pas la même
» chose.

» — Non, sûrement : il y a une grande diffé-
» rence entre un arbre que l'on coupe parce
» qu'il gêne, et que l'on brûle pour se chauffer,
» et douze ou quinze mille arbres que tu vou-
» drais voir brûler pour ton plaisir.

» — Mais ces arbres, je ne les connais pas.

» — Tu ne connaissais pas davantage ce peu-
» plier sur lequel tu viens de t'attendrir.

» — Au moins, je le vois.

» — Il ne tient qu'à toi de voir ceux qui l'en-
» vironnent. Regarde celui-là, comme il est fort,
» comme il est droit !

» — Oh ! le beau chêne ! il me serait bien im-
» possible de l'entourer avec mes bras. Voyez,
» papa, comme il s'élève haut, et ces trois gros-
» ses branches qui en sortent, qui ressemblent
» à de gros arbres !

» — Il doit bien avoir cinquante ou soixante
» ans ; il croîtra au moins pendant vingt.

» — Qu'il sera énorme alors ! J'espère bien le
» voir.

» — Mais s'il allait brûler auparavant ?

» — J'en serais bien fâché à présent que je le
» connais.

» — Tu ne fais donc grâce du feu qu'aux

» arbres de ta connaissance? c'est toujours cela. » Aurais-tu plus de plaisir à voir brûler celui-» ci? » dit M. d'Ambly en lui en montrant un autre divisé en quatre énormes troncs qui sortaient de la même souche.

« Non, en vérité. Voyez, il forme un siége. » Papa, un jour que nous serons moins pressés, » nous viendrons nous y asseoir, n'est-ce pas?

» — Ainsi en voilà deux que tu exceptes de » l'incendie de la forêt?

» — Oh! maintenant, si je la voyais en feu, » quelque bel effet que cela pût faire des fenê-» tres du château, je ne penserais qu'à mes » deux amis chênes, que je serais si fâché de » voir brûler.

» — Mais tous ceux que nous voyons méri-» tent aussi bien de devenir tes amis, et ceux » que nous ne voyons pas sont aussi beaux; ils » auraient, chacun dans leurs diverses formes, » de quoi t'intéresser, tout autant que tes deux » amis chênes, le peuplier et notre tilleul.

» — Je crois bien, en effet, que quand je pen-» serai en particulier à tous les arbres qui com-» posent une forêt, il ne me prendra guère envie » de la voir brûler.

» — C'est pour cela qu'il y faut penser, mon » ami, pour ne pas courir le risque de désirer » une chose déraisonnable, peut-être de la faire » quand tu seras grand. Tu n'auras probable-

» ment jamais une forêt à brûler, mais tu pourras avoir des hommes à conduire : songe à » ce qui arriverait si tu oubliais qu'un département, une ville, une commune, est composée » d'hommes, comme tu oubliais tout-à-l'heure » qu'une forêt est composée d'arbres.

» — Ah ! papa, voilà, par exemple, ce qui ne » s'oublie pas.

» — J'ai connu dans ma jeunesse, dit M. d'Ambly, un homme très-bon, mais très-entêté, » appelé M. de Marne. Il avait eu une querelle » avec le directeur d'un hôpital établi dans une » petite ville voisine d'une de ses terres. La » plus grande partie des biens de l'hôpital était » située dans cette terre et en dépendait, comme » c'était l'usage alors ; c'est-à-dire que l'hôpital » ne possédait ces biens qu'à condition de payer » certaines redevances à M. de Marne, et de recevoir deux malades à son choix. Ce droit » venait de ce que c'étaient les ancêtres de M. de » Marne qui avaient donné ces biens à l'hôpital, » et il passait à tous les possesseurs de la terre. » Le directeur avait voulu chicaner M. de Marne » sur le paiement de la redevance, et avait prétendu qu'il ne devait envoyer qu'un malade à » l'hôpital. M. de Marne s'était fâché, les choses » s'étaient aigries ; il en était résulté un procès, » et il était arrivé que l'homme d'affaires de » M. de Marne, en cherchant dans les papiers

» qui lui avaient été remis pour constater son
» droit, avait découvert ou cru découvrir que
» les biens qui avaient occasionné le procès ap-
» partenaient à M. de Marne, et non pas à l'hô-
» pital, parce que, disait-il, les ancêtres de M. de
» Marne ne les avaient donnés que pour un cer-
» tain temps ou à de certaines conditions qui
» n'avaient pas été remplies : en sorte que M. de
» Marne devait y rentrer. Cela aurait ruiné l'hô-
» pital. Le jour où M. de Marne reçut cette nou-
» velle, il fut enchanté, d'autant plus qu'il venait
» d'apprendre qu'un des malades qu'il avait
» envoyés à l'hôpital en avait été mis dehors
» trop tôt, n'étant pas encore bien rétabli, en
» sorte qu'il était retombé malade et venait de
» mourir. Sa veuve, qui se trouvait sans res-
» source, était venue à pied à Paris avec le plus
» petit de ses enfants sur son dos, pour récla-
» mer les secours de M. de Marne. Elle pleurait
» en lui racontant les dernières paroles de son
» mari, qui disait en mourant : *Si M. de Marne*
» *avait été ici, il m'aurait bien fait rester à l'hô-*
» *pital, et je ne mourrais pas*. Et ce pauvre
» homme, qui laissait sa femme et ses enfants
» sans pain, pleurait en disant ces paroles; et,
» en écoutant ce récit, M. de Marne, les larmes
» aux yeux, disait : *Ce coquin de directeur je le*
» *ruinerai !* Il oubliait que c'était l'hôpital qu'il
» voulait ruiner, et qu'ainsi il voulait faire

» mettre dehors peut-être une centaine de malades tous aussi misérables, aussi malades que le pauvre Jacques, et dont le malheur, s'il y eût pensé, lui aurait été tout aussi douloureux.

» Le procès était suivi avec activité, non pas par M. de Marne, que ses affaires retenaient à Paris, mais par l'homme d'affaires qui, ayant intérêt à soutenir ce qu'il avait avancé, y mettait la plus grande chaleur, et qui, dans la crainte que M. de Marne ne voulût abandonner son droit, se gardait bien de lui mander ce qu'on disait dans le pays de son acharnement à ruiner un hôpital qui y était très-utile, et ce que l'on apprenait tous les jours du triste état auquel étaient réduits les malades, parce que le directeur, obligé de consacrer beaucoup de temps et d'argent au procès, n'en avait plus assez pour ce qu'exigeaient les soins de l'hôpital. Si M. de Marne eût su tous ces détails, cela aurait réveillé sa bonté; il n'aurait pu supporter l'idée de faire tant de mal. Au lieu de cela, l'homme d'affaires ne l'entretenait que des mauvais procédés du directeur, des mauvais propos qu'il tenait contre lui. A chaque lettre, M. de Marne entrait dans des colères terribles, et sa haine contre un homme l'empêchait absolument de penser à cent autres dont il aurait eu pitié.

» Enfin, il gagna son procès. Il était occupé

» depuis huit jours à faire entrer une pauvre
» femme aux Incurables, hôpital de Paris. « Voilà
» deux bonnes nouvelles, » dit-il en recevant à
» la fois les deux lettres qui lui annonçaient le
» succès des deux affaires; et il écrivit sur-le-
» champ à son homme d'affaires, pour lui témoi-
» gner sa satisfaction de ce qu'il avait si bien
» conduit son procès, et à celui qui lui avait fait
» avoir la place aux Incurables, pour le remer-
» cier d'avoir assuré le sort d'une vieille femme
» infirme.

» Pendant quelque temps il n'y pensa plus;
» mais un jour son homme d'affaires lui écrivit
» que le directeur avait fait banqueroute et s'é-
» tait enfui; que l'on ne savait où il était; et
» pour flatter sa haine par des détails odieux, il
» ajoutait que pendant trois jours que l'on avait
» ignoré sa fuite, parce qu'il avait dit qu'il allait
» à la campagne, les malades avaient manqué de
» pain et de bouillon; que sans les sœurs grises
» qui avaient rassemblé tout ce qu'elles avaient
» pu de secours, il en serait mort plusieurs, et
» qu'il était probable que quelques-uns mour-
» raient des suites de ce qu'ils avaient souffert,
» et du saisissement qu'ils avaient éprouvé en
» apprenant l'abandon où courait risque de
» tomber l'hôpital. Il mandait aussi que l'on
» avait accordé quelque répit; que les sœurs
» continuaient leur service avec un redouble-

» ment de zèle; que les gens de la ville et des
» environs donnaient des secours; mais que,
» comme ils n'étaient pas suffisants, on était
» obligé de renvoyer les personnes les moins
» malades; qu'on les voyait sortir en pleurant,
» et que plusieurs, qui étaient de villages assez
» éloignés, tombaient en chemin, de faiblesse et
» de découragement.

» Tous ces détails commencèrent à faire beau-
» coup de peine à M. de Marne. L'homme d'af-
» faires ajoutait à la fin de sa lettre : « Tout le
» monde reconnaît que ce directeur n'avait ni
» ordre ni économie; depuis longtemps les affai-
» res de l'hôpital étaient en mauvais état, la
» perte du procès les a achevées. » Alors M. de
» Marne sentit sa conscience lui reprocher bien
» fort ce qu'il avait fait; il se représenta ces
» malheureux tombant de douleur et d'épuise-
» ment par les chemins; il les voyait sortir de
» l'hôpital en pleurant, et peut-être en le mau-
» dissant. Il songeait aux trois jours où ils
» avaient été sans pain et sans bouillon. Son
» imagination lui peignait tous ces visages
» pâles et souffrants, et ils les considérait dans
» sa pensée l'un après l'autre, comme tu as com-
» mencé tout-à-l'heure à regarder les arbres de
» la forêt. Il n'y en avait pas un qu'il n'eût
» voulu soulager et sauver au prix de son sang.
» Il ne pouvait supporter l'idée du mal qu'il

» leur avait causé, quoiqu'il ne voulût pas encore » convenir avec lui-même que c'était lui qui le » leur avait causé, et qu'il tâchât de tout rejeter » sur le directeur. Il écrivit à son homme d'af- » faires pour qu'il envoyât des secours considé- » rables, et sitôt que cela lui fut possible, il » partit lui-même pour cette terre, où il n'avait » pas été depuis longtemps.

» En arrivant il se rendit à la ville où avait » été l'hôpital. Il était fermé; le dernier malade » venait d'en sortir; on procédait à la vente de » la maison pour satisfaire les créanciers. M. de » Marne s'aperçut que beaucoup de gens l'évi- » taient, parce que son procès avait donné très- » mauvaise opinion de lui. Les parents, les amis » du directeur avaient contribué à l'augmenter, » et le malheur qui en était résulté pour tant de » pauvres avait jeté sur toute cette affaire quel- » que chose d'odieux qui animait contre lui tous » les esprits. Le bruit se répandit qu'il venait » pour acheter la maison et le reste des biens » de l'hôpital, et un jour qu'il passait dans la » rue, les enfants lui jetèrent des pierres. Il com- » mençait à sentir tout le tort qu'il avait eu, » d'autant que mille circonstances le lui rappe- » laient à chaque instant. Le fils de Jacques, ce » pauvre homme dont il avait secouru la veuve, » avait eu la cuisse cassée, et en était demeuré » tout contourné. M. de Marne disait à sa mère

» qu'elle aurait dû la lui faire remettre. « Cela » était bon, dit-elle, quand il y avait ici un hôpi» tal, mais à présent.... » et elle s'arrêta. Il » voyait des paysans négliger des cultures qu'il » savait avoir été très-avantageuses; il leur en » demandait la raison. « Oh! disaient-ils, cela se » vendait à l'hôpital, mais à présent.... » et ils » s'arrêtaient; et M. de Marne voyait que tout le » monde avait présent à la pensée ce que lui» même ne pouvait oublier. Il était prêt à quitter » le pays et même à vendre sa terre, quand une » maladie épidémique se déclara dans un village » voisin du sien. Elle y paraissait presque tous » les ans, et c'était spécialement pour la soigner » que l'hôpital avait été fondé anciennement par » un homme riche qui en était attaqué, et qui » avait fait vœu, s'il guérissait, de fonder cet » hôpital où, à l'époque de la maladie, tous les » gens du village et des environs à une certaine » distance, devaient être reçus et soignés, quel » que fût leur nombre. Aussi y avait-on acquis » une grande habileté pour la soigner. Comme » cela était connu dans le pays, dès que les pre» miers symptômes de la maladie se faisaient » apercevoir, les personnes attaquées se ren» daient à l'hôpital, où les soins qu'on leur don» nait les guérissaient pour la plupart, et empê» chaient la maladie de s'étendre. Cette année » elle fut terrible, et le soulèvement contre M. de

» Marne monta à son comble. Il envoya secrè-
» tement de grands secours dans le village;
» mais il ne se hasarda d'y aller lui-même que
» lorsqu'il y eut été encouragé par les sœurs
» grises, qui, à force de parler de tout ce qu'il
» faisait pour le village, avaient un peu adouci
» les esprits; mais encore en passant dans la rue
» il entendait dire : « Voilà M. de Marne qui
» vient restituer une petite partie des biens de
» l'hôpital. » S'il entrait chez un malade et qu'il
» lui demandât de ses nouvelles : « Je vous
» remercie, monsieur, disait celui-ci, cela va
» passablement, mais j'aurais guéri plus vite à
» l'hôpital. » Navré de tristesse, accablé d'in-
» quiétude et de fatigue, il prit la maladie, et
» mourut en partie de chagrin, pour avoir oublié
» quelque temps qu'un hôpital est composé
» d'hommes, comme tu oubliais tout-à-l'heure
» qu'une forêt est composée d'arbres.

» — Ah! papa, que cela est triste! » dit Eugène qui avait écouté avec une grande attention.

« Mon ami, dit M. d'Ambly, quand tu seras
» grand, tu rencontreras des effets bien plus
» tristes encore de cette habitude d'irréflexion
» qui nous fait oublier tout ce qui ne frappe pas
» immédiatement nos yeux.

En ce moment Eugène, tout en rêvant, allait

par habitude jeter une pierre au milieu d'une volée de moineaux qui venait de s'abattre près de lui ; il se retint.

« Papa, dit-il, je ne jetterai pas ma pierre à » ces moineaux, car je me souviens du chagrin » que j'ai quand on tourmente le serin de ma » sœur.

» — Voilà précisément, mon fils, ce qu'il fau- » dra faire si tu as jamais à t'occuper des inté- » rêts de beaucoup d'hommes à la fois, et que tu » sois tenté d'oublier que le régiment que tu » commandes, ou le département que tu admi- » nistres, est un composé d'hommes comme toi.

Ils étaient entrés dans le jardin, et arrivèrent auprès du tilleul.

« Ah ! dit Eugène, il faut que je lui fasse mes » adieux.

» — Non, dit en souriant M. d'Ambly, il res- » tera sur pied, pourvu que tu me promettes de » penser, toutes les fois que tu le regarderas, » que chaque arbre d'une forêt mérite autant » d'égards que ton tilleul, et que dans une réu- » nion d'hommes, de quelque nom qu'on l'ap- » pelle, chaque homme est aussi intéressant que » toi. »

FIN.

TABLE.

FIN DE LA TABLE.

Limoges. — Impr. EUGÈNE ARDANT et Cie

www.ingramcontent.com/pod-product-compliance
Ingram Content Group UK Ltd.
Pitfield, Milton Keynes, MK11 3LW, UK
UKHW031845260826
14628UKWH00002B/598

9 782013 346634